# IMPUNITÉ

*HÉLÈNE DEVYNCK*

# IMPUNITÉ

*ÉDITIONS DU SEUIL*
*57, rue Gaston-Tessier, Paris XIXᵉ*

L'Éditeur rappelle que, concernant les affaires judiciaires en cours citées dans cet ouvrage, M. Patrick Poivre d'Arvor bénéficie, en vertu des dispositions du Code de procédure pénale, de la présomption d'innocence.

En exergue : Benoîte Groult, Paul Guimard, *Journal amoureux*, Stock, 2021.

ISBN 978-2-02-150659-4



www.seuil.com

« Et l'on s'étonne que les femmes soient des êtres absurdes et inaptes ! Tout dans leur condition est illogique, incommode et il faut une somme de miracles et de tours de passe-passe que les hommes n'imaginent pas pour sortir grandies de cette situation. »

Benoîte Groult

# Le saut

« Tu sais comment mesurer l'intensité de ta peur ? Sur l'échelle entre l'indifférence et l'effroi, la peur, c'est quand ton maillot de bain est sec. »

L'expression est restée sous la forme d'un dicton familial, compréhensible seulement par les initiés, de ceux qui disent l'appartenance au groupe.

On est, mon fils, ma fille et moi, douze mètres au-dessus de l'eau, en haut de la falaise de Macronissi, caillou volcanique de la mer Égée. On y arrive en nageant depuis le bateau, puis en escaladant le rocher qui surplombe l'ancien cratère.

Ce rituel des vacances permet d'éprouver son courage, de vaincre son vertige, de montrer sa bravoure, et aussi de s'attirer les applaudissements des compagnons moins téméraires restés au sec.

Cette année-là, mon fils a 21 ans, ma fille 11. Au fil des étés, l'appréhension s'installe ou se dissipe. On a hésité longtemps tétanisés tous les trois. Suffisamment longtemps pour que les dernières gouttes de la baignade se soient évaporées au soleil. On s'est lancés ensemble.

Sauter en se tenant bien vertical pour éviter la claque cuisante du plat quand l'eau devient dure. Sentir la chute s'amortir dans la fraîcheur de la mer. Remonter paisiblement à la surface. Respirer.

Et se réjouir de la victoire de la raison sur l'instinct. La raison dit que le danger est modéré ; tant d'autres l'ont fait avant. L'instinct dit que l'épreuve est absurde et inutile, qu'il faut prendre soin de soi, ne pas s'exposer. L'instinct et la raison disent que quand les pieds ont quitté le sol, la chute est sans retour. Il n'y a pas de lecture inversée du film qui permettrait de remonter. Le saut dans le vide est définitif.

Sauter du haut de la falaise de Macronissi est un jeu consenti. Rien ni personne ne vous y oblige. On le fait parce qu'on le veut bien, pour la griserie d'un danger maîtrisé.

Je vis dans un pays en paix doucement déclinant, fier de son art de vivre qui lui vaut une réputation mondiale d'élégance et de sophistication.

La plupart de mes compatriotes seraient incrédules ou affreusement vexés si des anthropologues venus du futur décrivaient les mœurs françaises d'aujourd'hui comme primitives. Les Claude Lévi-Strauss ou les Françoise Héritier de science-fiction, rentrés chez eux par une faille spatio-temporelle, publieraient des articles savants dépeignant une société où les femmes sont agressées autour de la puberté, débordées à la maternité, rejetées à la ménopause. Où les hommes les plus privilégiés ont le droit de profiter sexuellement de qui ils veulent. Où leurs victimes sont piégées, contraintes au silence et condamnées à un défilé de déshonneur si elles transgressent cette règle.

Moi-même, je serais atterrée si c'était vrai.

Comme je ne veux pas que ça le soit, j'ai parlé.

Nous sommes une soixantaine à dénoncer le même homme, espérant exposer le système, toute la machinerie qui nous contraignait à ce qu'on ne voulait pas, puis à le taire. Parler semblait être un danger maîtrisé.

On a pris le bouillon.

Le résultat a été un classement sans suite qui a claqué comme un plat du haut de la falaise de Macronissi.

Est-ce que nous ne nous sommes pas tenues assez droites ? Aurions-nous dû continuer à nous taire ? Pourquoi n'avons-nous pas su ou pas pu nous faire entendre de la justice ? Y a-t-il, en France, une surdité particulière ? Une cape d'invisibilité nationale dans laquelle certains violeurs peuvent se draper ? De quelle étoffe est-elle faite ?

Parler reste un combat. On pare les mauvais coups comme on peut. On se bat contre des procédures-bâillons et des mythes vivaces qui nous accablent.

On a encaissé. On a nagé dans les eaux glacées du calcul égoïste et de la résistance patriarcale. On s'est serré les coudes. On s'est défendues.

On a parlé plus haut, plus fort, plus nombreuses.

On a appris.

# La cuisine

Partout dans le monde, pour qu'un #MeToo prenne, il faut assembler plusieurs ingrédients sans lesquels la sauce risque de ne pas monter : un homme criminel et puissant, plusieurs femmes qui l'accusent de faits graves, un sérieux travail d'enquête et un titre de presse respecté.

Ces ingrédients sont nécessaires, rien ne dit qu'ils soient suffisants.

Quatre ans après l'affaire Weinstein, dans la cuisine de mon appartement parisien, la victime, c'est moi. Les journalistes sont ceux du journal *Le Monde*, Luc Bronner, Nicolas Chapuis et Lorraine de Foucher. Lorraine est la seule que je connais.

Tout y est.

À partir d'un certain niveau de célébrité, aucun Français n'a jamais été condamné pour des faits de délinquance sexuelle. Jamais. Aucun.

Avant nous, des femmes ont été entendues, même si la justice n'en a rien fait. Flavie Flament, Vanessa

Springora et Camille Kouchner ont écrit des livres pour dénoncer des pédocriminels : David Hamilton, Gabriel Matzneff et Olivier Duhamel. Le premier a construit sa notoriété sur des images de fillettes violées, le deuxième en a fait le sujet obsessionnel de ses livres et l'essentiel de son fonds de commerce, le dernier a reconnu l'inceste sur son beau-fils. L'aveu est considéré en droit français comme la reine des preuves. Tous avaient violé des enfants.

J'étais majeure quand j'ai été violée par un des hommes les plus connus du pays. Pour l'avoir vu à l'œuvre sur plusieurs sujets, je ne pouvais avoir aucune illusion sur son rapport à la vérité. Je savais des aveux inenvisageables.

Tout se passe comme si le #MeToo français butait contre un mur solidement cimenté par un mythe : les femmes devraient savoir se défendre toutes seules.

Aucune femme agressée à l'âge adulte ne s'est sortie sans dégâts d'une prise de parole publique contre un homme célèbre. Aucune. Jamais.

À la table de ma cuisine, les courtoisies d'usage ne tiennent pas le temps qu'il faut au café pour passer.

Je demande à ce que mon témoignage ne soit pas réservé aux abonnés du *Monde* et que ma défense juridique soit prise en charge pour ne pas me retrouver sur la paille en cas d'attaque en diffamation.

L'équipe du journal est prévenante, déterminée à rendre l'expérience la moins dégradante possible. Ils se veulent rassurants : l'époque est mûre pour entendre, disent-ils.

L'article rassemblant huit ou neuf témoignages sortira sur le site du journal quelques heures avant mon texte, qu'on revoit ensemble.

En un adverbe qu'ils ont raison de m'inciter à supprimer – « tendrement » (pour le regard que ma hiérarchie portait sur la réputation d'homme à femmes de mon agresseur) –, j'apprends encore une règle du genre : le sarcasme, l'ironie, comme la truculence n'ont pas droit de cité dans un récit de victime de viol.

Parmi les pensées agitées qui m'ont empêchée de dormir la nuit précédente, la peur du ridicule tenait sa part. Exposer publiquement une intimité humiliante gardée fermement secrète pendant des années est un exercice casse-gueule.

Pourtant, l'histoire que je raconte me semble si ordinaire qu'elle frôle le lieu commun. On l'a déjà entendue mille fois. Tout a été dit et redit sur la violence, le déni et le silence.

Le prestigieux quotidien français en grand équipage chez moi témoigne du contraire. Je connais le métier. Je suis journaliste aussi. Je suis la seule victime qui accepte de lever l'anonymat. Sans moi, l'enquête ne sort pas. On veut tous qu'elle sorte.

Ils partent en courant boucler le journal.

Je fonds en larmes dans les bras de mon amie Olivia qui me serre contre elle.

Le lendemain, quelque part sur un ordinateur de la rédaction du *Monde*, quelqu'un appuie sur la touche qui envoie le papier en ligne et moi dans le vide.

Mon maillot de bain est sec.

*Le Monde*
Publié le 16 mars 2021 à 11 h 56 – Lecture 3 min.

> « Ça va ? Il ne t'emmerde pas trop ? »
> Combien de fois m'a-t-on posé la question dans ces années 1990 naissantes ? J'ai 24 ans. Je termine un master de sciences politiques. Je rêve de journalisme. Je veux témoigner de mon époque. Et je rédige une partie du journal télévisé le plus regardé de France. Une aubaine pour un début de carrière.
> Invariablement, je réponds : « Je gère. »
> Et ç'a été vrai pendant plus d'un an.
> J'ai demandé qu'on soit deux sur le poste. J'ai évité les tête-à-tête dans son bureau. Je le craignais. J'étais prudente. J'encaissais ses colères sans me plaindre. Il avait l'âge d'être mon père. Il ne me plaisait pas.
> Et puis un soir, je n'ai plus su gérer : quelques minutes poisseuses dont le récit est réservé aux enquêteurs.
> Je me suis tue. Pour longtemps.
> Bouche cousue, parce que je suis saine d'esprit.
> Quel poids a la parole d'une jeune femme inconnue, minuscule face à la vedette capricieuse, gloire nationale,

qui règne sur l'audimat sans contre-pouvoir ? On aurait éliminé le messager plutôt que d'entendre son message gênant. En parler à mes amoureux les aurait placés dans une impasse chevaleresque : le pire aurait été qu'ils cherchent à me défendre ou à me venger. Je ne voulais pas qu'on me plaigne. Je ne voulais pas être une victime. Je ne voulais pas qu'on m'accable, qu'on pense que j'y étais pour quelque chose. Tout se retournait contre moi : la honte, la réputation pourrie, la promotion canapé. Je le savais. Le rapport de force était entièrement en ma défaveur. Parler m'aurait condamnée à d'infinies strates de violences supplémentaires. Parler aurait été professionnellement et socialement suicidaire. Je ne l'étais pas. Je me suis protégée seule, avec les moyens du bord. J'ai annoncé que je ne ferais pas une nouvelle saison à ce poste. Il a décrété que je n'étais pas professionnelle. La hiérarchie de la rédaction de TF1 s'est alignée. « T'en riras dans dix ans, mais tu n'es pas faite pour ce métier », me disait-on.

Je suis partie pour LCI, qui inventait l'information continue, où j'ai construit quinze ans d'une honorable carrière. Je n'ai plus jamais travaillé dans la rédaction de TF1. Je n'ai plus jamais regardé le *20 heures*. J'ai caché mon angoisse les rares fois où nous nous sommes croisés.

Mon silence a participé à élever le mur de la toute-puissance et de l'impunité.

TF1 pouvait sourire de son roi cavaleur qui fait des « petits bisous dans le cou », croire à un dragueur lourd et répétitif, prévenir les jeunes femmes du danger, dénoncer perfidement leur goût pour le pouvoir et les laisser aller au casse-pipe. Il était si charmant ! Un homme couvert de femmes, où est le mal ? La séduction n'est-elle pas un des habits de la gloire ?

La question est mal posée. Les termes sont à renverser : mon employeur pouvait-il ignorer l'ambiance malsaine qu'imposait sa vedette ? Ai-je travaillé en sécurité ? Ai-je été protégée ?

Le silence issu de la honte et du rapport de pouvoir, c'est la banalité du viol, qu'il se passe dans un monde sous les projecteurs ou dans l'ombre du bureau d'un sous-directeur d'une petite entreprise.

Les années ont passé. L'eau a coulé sous les ponts, parfois noire, parfois claire. J'ai remis les responsabilités à leur place. La honte s'est effilochée. La prescription s'est installée.

Vingt-huit ans après, la plainte d'une jeune femme que je ne connais pas est venue réveiller le souvenir enfoui de ces minutes poisseuses. C'est un classique des affaires de viol : on se tait jusqu'à ce que d'autres aient besoin de vous. On parle pour que justice se fasse.

Dans cette affaire précise, quelque chose m'a intriguée : les femmes qui veulent bien être nommées sont celles qui ont évité le rapport sexuel. Pour les autres, l'anonymat est de mise. Tout se passe comme si, dès qu'il vous approche de trop près, le sexe de l'homme a le pouvoir magique de vous museler, comme s'il restait une trace de la culture de l'honneur perdu, de salissure inavouable.

Je sais les risques que je prends à parler à visage découvert ; qu'on invoque « une quête inconvenante de notoriété » ; qu'on laisse entendre que j'aurais quoi que ce soit à gagner à me faire passer pour une victime. Voir ma photo à côté de la sienne me réduira à ces minutes poisseuses. Chaque fois, ce sera une pièce de plus dans la machine à taire qui renforce si activement la forteresse de l'impunité.

Les gens qui m'aiment savent. Mes enfants m'encouragent à parler, certains de mes amis à me méfier. Si je ne peux pas témoigner aujourd'hui, qui le pourra jamais ?

*Des investigations sont ouvertes sur les faits rapportés par Hélène Devynck à l'encontre de Patrick Poivre d'Arvor, qui est présumé innocent.*

# Le Major à l'Échelon Exceptionnel

Un an après, je sais que je me suis trompée sur un point : le sexe de l'homme n'a pas le pouvoir magique de museler.

Avant d'en venir aux effets qu'a eus la publication de ce texte sur ma vie (et sur d'autres que la mienne), il faut repartir de la révélation publique de l'affaire, un mois plus tôt.

Une jeune femme que je ne connaissais pas, Florence Porcel, a porté plainte pour viol. Je lui ai envoyé un message de soutien sur Instagram. J'étais bien placée pour la croire. Elle m'a communiqué le numéro de ses avocats.

J'ai raconté autour de moi ce qui, jusque-là, n'était pas sorti du cabinet de mon analyste.

Dans la presse, les victimes, on n'avait pas à les chercher bien loin. Quand il n'y en avait pas dans la rédaction, il y avait toujours quelqu'un qui connaissait quelqu'une qui avait eu « un problème » avec lui. J'étais une des « quelqu'une ».

C'est comme ça que des journalistes de plusieurs médias me contactent.

Tous me demandent si je suis prête à lever l'anonymat.

Je le refuse fermement à celui qui m'explique sans sourciller qu'ils sont deux sur l'enquête : lui, chargé de contacter les victimes, et un confrère dont la mission est de recueillir les témoignages de journalistes qui ont travaillé avec le présentateur. L'idée qu'on puisse être à la fois victime et journaliste est manifestement d'une inaccessible complexité. On se cogne régulièrement à ces hiérarchies aveugles. Les pires préjugés se nichent dans l'impensé. Que perd une femme dans un viol ? Ses compétences professionnelles ? Son intelligence ? Son métier ? Son statut ?

Lorraine, qui se retrouvera à la table de ma cuisine dans un mois, comme vous l'avez lu il y a quelques pages, n'a pas ces obscurités. Elle s'est recommandée de sa collègue du *Monde*, Béatrice Gurrey. L'estime que j'ai pour la seconde est retombée sur la première.

En psychanalyse, on dit que tout se joue dans la première séance et qu'il faut des mois ou des années pour revenir à ce qui était pourtant posé dès le début. Entre Lorraine et moi, cet échange inaugural est sans doute la clef de la confiance que je lui ferai par la suite et le point de départ de notre amitié. La conversation commence au ralenti, dans ce rythme lent ponctué de silences qui durent le temps de prendre des notes. Elle se poursuit rapidement sur l'intimité dictée par le sujet sans que jamais la délicatesse soit prise en défaut.

*Le Monde* a déjà recueilli d'autres témoignages dont celui de deux journalistes de sa propre rédaction. L'une d'elles est une de mes amies. Nous ne nous étions jamais parlé du sujet.

J'accepte de donner mon nom si d'autres le font. Il n'y aura pas d'autres.

Mais Lorraine a senti la prise. Elle va ferrer le poisson et tirer la ligne. Sans son intelligence et sa détermination, je n'aurais pas sauté du haut de la falaise.

Pendant ce temps, les vieux caciques de la télévision répètent à l'unisson deux phrases, toujours les mêmes. Un mantra récité sans modulations : « Il faut écouter la parole des femmes. Mais il n'a jamais contraint personne. »

La contradiction n'est relevée nulle part. « Il faut écouter la parole des femmes mais il ne faut pas les croire » apparaît comme une position juste et modérée.

Le discours sur les violences sexuelles s'écrit en absurdie.

Le 3 mars 2021, Patrick Poivre d'Arvor est invité à *Quotidien*, très populaire émission de télévision d'une chaîne du groupe TF1 qui a été son employeur (et le mien).

Pendant vingt-cinq minutes, sans contradicteur, il crie à l'injustice, à la délation, au tribunal populaire, au lynchage des réseaux sociaux. On lui donnerait le bon Dieu sans confession.

Il soutient le mouvement de libération de la parole des femmes.

La victime, c'est lui. Dans un retournement complet de la culpabilité, il affirme : « De ma vie, jamais je n'ai consenti, accepté une relation qui ne serait pas consentie, une relation qui serait forcée, qu'elle soit sentimentale ou sexuelle. » La formule est curieuse, elle sonne comme un aveu. Seul son consentement compte, pas celui de la personne en face de lui.

Il a toujours respecté les femmes : un grand séducteur qui a dû repousser leurs avances. Il n'a pas cherché la notoriété ; elle est arrivée malgré lui.

Le pouvoir ne l'intéresse pas.

Il n'a jamais fait de drague lourde.

Son accusatrice est folle.

Il attaquera en diffamation tous les journaux qui diraient le contraire de ce qu'il vient de dire.

« Ne piétinez pas l'innocence », implore-t-il en agneau qui vient de naître.

Candide, il regrette les temps où on pouvait faire « du charme, de la séduction, des petits compliments et des petits bisous dans le cou ».

Les témoignages anonymes ne valent rien. Ils sont inadmissibles. « Personne qui soit venu me dire, les yeux dans les yeux : ce que tu as fait n'était pas bien. »

Je ne sais pas s'il regrette aujourd'hui d'avoir prononcé cette phrase.

Le personnage calibré d'homme à la dignité blessée me glace.

Le berceau de l'angoisse se niche dans la béance entre ce qui est donné à voir et ce que je sais, entre l'image sociale, le discours public et le réel de l'expérience vécue. Sa célébrité s'est construite sur l'efficacité de la représentation du journaliste insolent se moquant du pouvoir, écrivain romantique à ses heures, amoureux de l'amour et gendre idéal des Français.

La fausseté de l'image ne m'a jamais échappé, même avant le viol.

L'illusion est d'autant plus menaçante que j'ai été payée pour l'entretenir.

En le voyant réciter son rôle d'innocente victime du désir qu'il provoque, je redeviens la jeune femme que j'étais quand j'écrivais son journal télévisé : soucieuse de bien faire mais toujours prise en défaut, priée de trouver les mots à mettre dans sa bouche, de l'aider à rendre crédible le pantin onctueux qui draguait la caméra et de disparaître dans le même mouvement.

Il hurlait, m'insultait, de préférence en public.

Je m'accrochais. Je tenais le coup.

Je redoutais particulièrement le début de l'été. La période du tournoi de tennis de Roland-Garros était une zone de turbulences, surtout quand il faisait beau et que les matchs s'éternisaient.

Il arrivait quelques minutes avant 20 heures des tribunes du stade où il s'était fait photographier en compagnie des vedettes à la mode. La maquilleuse courait devant lui pour le poudrer et masquer le coup de soleil de l'après-midi en plein air.

Il découvrait à l'antenne le journal que je lui avais écrit. Il trouvait toujours quelque chose à redire. Pendant la diffusion des sujets, dès qu'il n'était plus filmé, il s'étranglait de colère pour une phrase, un mot ou une virgule qui me valait une volée de bois vert.

Le chef d'édition égrenait les dernières secondes avant le retour caméra. L'espace d'un battement de paupières, la furie se transformait en ange. Les téléspectateurs retrouvaient le présentateur affable et charmant, consterné par les malheurs du monde.

Et ça recommençait au sujet suivant.

Ça a duré plus de deux saisons, de janvier 1991 à juillet 1993, du lundi au jeudi.

Il y avait peu d'accalmies.

Je les recherchais désespérément. Je faisais tout mon possible pour être irréprochable. Je n'ai jamais eu une minute de retard. Je connaissais par cœur la musique des phrases telles qu'il les voulait, l'affectation un peu précieuse de son vocabulaire préféré. Je ne ratais pas une info.

J'échouais chaque jour.

Il aurait voulu que je renonce à mon identité. « Quand tu t'adresses à un journaliste, ne parle pas en ton nom, ne dis pas "je", dis "Patrick" : "Patrick veut tes éléments de lancement", pas toi », m'intimait-il.

C'était le prix de mon apprentissage. J'étais au centre de la fabrication du journal télévisé, dans le cœur du moteur. J'enregistrais tout : la hiérarchie de l'information, pourquoi tel sujet et pas tel autre, le circuit du reportage de la commande à la diffusion, le rôle de chacun dans la régie et la rédaction ; et, bien entendu, je savais rédiger un prompteur.

Je faisais plus et mieux. Ça n'était jamais assez.

L'humour était proscrit : il n'en avait aucun, ne riait jamais de rien et surtout pas de lui. Je m'assombrissais. J'avais peur. Je le cachais.

Depuis longtemps, je ne suis plus cette jeune femme humiliée. Mais la mémoire émotionnelle vous rattrape par surprise. Le temps de la psyché n'est pas le temps du réel. Le cauchemar se réactive sans s'annoncer. Il s'est réveillé devant les mensonges cauteleux de Patrick Poivre d'Arvor à une heure de grande écoute.

J'apprendrai bientôt que je ne suis pas la seule à avoir été indignée par sa prestation à *Quotidien*. L'émission a provoqué un afflux de témoignages chez les enquêteurs. La représentation a perdu ses effets stupéfiants.

Il s'est tiré une balle dans le pied.

Le lendemain de l'émission, j'appelle le policier chargé du dossier. Ça décroche à la première sonnerie.

« Je ne sais pas si mon histoire vous intéresse. C'est vieux, prescrit. Je n'ai pas crié. Je n'ai pas dit "non". Je n'ai pas de preuves.

– Vous n'avez aucune raison de mentir. Vos témoignages sont des preuves. Venez la semaine prochaine. »

Le 10 mars 2021, je sonne, bien en avance, au 36 rue du Bastion, près du nouveau Palais de justice de Paris où avocats, magistrats et justiciables se croisent sans pouvoir juguler leur stress devant un petit noir, puisque les troquets sont fermés pour cause de pandémie.

Passé les lourdes portes et le portique de détecteur de métaux, papiers d'identité présentés, le Major à l'Échelon Exceptionnel de la Brigade de répression de la délinquance aux personnes, la BRDP, spécialisée dans le traitement des suspects VIP, vient me chercher pour me conduire dans son bureau, une petite pièce propre et sans relief, sobrement encombrée, partagée avec un autre policier qui apparaîtra sans rien dire à la fin de l'entretien.

Une séparation en plexiglass a été improvisée entre les représentants de l'autorité et leurs interlocuteurs pour bloquer les postillons au Covid. On garde nos masques. Le Major est un homme fin et athlétique, à la voix agréable. Je ne verrai pas son visage. Il verra le mien pendant que je boirai le café qu'il me propose et qu'il refuse pour lui-même.

J'ai en tête les mêmes préjugés que vous sur les femmes auditionnées dans les affaires de délinquance sexuelle : on ne va pas me croire, je vais me retrouver en position d'accusée, on va me juger.

Ça n'est pas ce qui s'est passé. De nombreuses femmes ont raconté l'accueil déplorable qui leur a été fait dans les commissariats où elles venaient demander aide, protection et justice. Je n'ai pas eu cette expérience. J'ai été bien reçue.

Je fais ce qu'une bonne éducation m'a appris à faire dans une situation inédite et embarrassante ; je me raccroche au protocole. Le rituel et les conventions sociales comme planche de salut.

Première règle : ne pas se laisser déborder par l'émotion.

Seconde règle : nommer son interlocuteur. Mais comment ? « Monsieur » ? « Monsieur » et son nom ? « Major » et son nom ? « Major » tout court ? « Major », c'est étrange. « "Major", ça ira », me dit-il quand je lui pose la question. Alors va pour « Major ».

Le Major, cet inconnu que sa fonction a investi de l'autorisation de faire usage de la violence légitime de l'État, va entendre les détails d'un récit que je n'avais jamais livré à personne.

Je m'efforce de rester factuelle, de décrire ce qui m'est arrivé de la façon la plus précise possible.

L'audition dure deux heures.

Il note vite et bien, sans fautes d'orthographe.

Une question me surprend quand même : « Avez-vous joui ? » L'idée que la scène que je viens de décrire puisse être source de jouissance me laisse pantoise.

« Souhaitez-vous porter plainte ?

– Laissez-moi le temps de la réflexion. »

Il sort imprimer ma déposition.

À peine ma lecture commencée, son téléphone fixe sonne. Le Major acquiesce et corrige une phrase. Quelqu'un, quelque part, est en train de lire en même temps que moi.

Je demande une copie que je n'obtiens pas. Secret de l'enquête.

Je l'aurai plus tard quand je me déciderai à déposer plainte. Il me faudra des semaines pour pouvoir la relire.

Dans le rapport qu'il rédigera pour le procureur, le Major résume les quatre pages de mon audition en deux lignes : « Mme Hélène Devynck nous relatait un viol vaginal pénien subi au domicile du journaliste à Neuilly au printemps 1993. »

Le mot « viol », c'est lui qui l'a écrit. Je ne l'ai pas prononcé. Il ne figure nulle part dans ma déposition.

# Lorraine

J'avais décidé de rentrer à pied. Une bonne demi-heure de marche dans Paris n'était pas de trop pour me remettre.

Cette vieille et sinistre soirée que je m'étais appliquée à raconter le plus nettement possible à la justice de mon pays n'était plus une histoire sans paroles. Et ces paroles étaient les éléments d'une enquête criminelle.

J'avais décrit les gestes, les mots, répondu aux questions cliniques du Major sans visage.

L'émotion n'avait pas débordé. Les digues avaient tenu. De justesse.

La traversée de la ville a souvent calmé mes pensées tourbillonnantes. Une méditation architecturale bienfaisante. Cheminer dans les rues familières que j'arpente depuis l'enfance est un de mes exercices de relaxation mentale favoris. Je peux dessiner dans ma tête les plans des appartements rien qu'à l'aspect des immeubles. Il arrive que les plus prestigieuses façades abritent des intérieurs délabrés et sordides. C'est vrai des rues de Paris comme de ses habitants.

La sècheresse de l'audition s'assouplit au rythme de la marche. Les mots qui me viennent sont ceux d'Eve Ensler, des mots de douceur prononcés dans la moiteur des lits partagés avec des hommes que j'ai aimés. « Mon vagin, mon deuxième cœur. »

Mon deuxième cœur outragé était désormais enfermé dans quelques lignes d'un dossier de police, témoin à charge.

Le message de Lorraine m'a cueillie sur le chemin du retour. Elle proposait qu'on se voie.

Le sas de décompression que sa conversation m'a offert après l'entretien avec le Major, je l'offrirai à mon tour à Stéphanie quelques jours plus tard. Mais je ne connaissais pas encore Stéphanie. Ni les autres femmes que vous allez croiser dans ce livre.

Lorraine venait avec une idée en tête : me convaincre de témoigner sous mon nom.

Vous savez déjà qu'elle va emporter le morceau mais, à ce moment-là, j'étais absolument résolue à ne pas le faire. Une enquête criminelle était ouverte. Avoir donné à la police des éléments qui pouvaient éclairer la compréhension de l'affaire me laissait un sentiment de devoir accompli. Je comptais bien m'en tenir là.

En revanche, je voulais bien raconter à Lorraine ce que j'avais compris de la conviction des policiers : qu'ils avaient affaire à un violeur en série. Conviction appuyée sur la similitude des témoignages qui démontraient au mot près la répétition des modalités d'approche, la brutalité du passage à l'acte commis sans la moindre tentative de séduction, et la cruauté froide qui s'abattait sur les victimes quand elles manifestaient une résistance qui froissait un orgueil démesuré.

Le Major parlait d'un « prédateur ». Le mot me gêne. Je finirai par m'en accommoder, faute de mieux, mais il évoque les grands fauves, là où je ne vois que la petitesse de la répétition compulsive. Il est du côté de l'animalité, de la déshumanisation. Je n'ai pas été violée par un animal mais par un homme superbement intégré à la communauté. J'ai du mal à me considérer comme un gibier pourchassé.

Tout ça n'a pas été très long à dire. Pourtant, on s'est quittées tard dans la soirée, comme on le fera encore, de plus en plus tard.

Lorraine sait que l'intime est politique et qu'on change le monde avec des histoires, que c'est la seule façon de faire.

Elle montre avec obstination la barbarie et l'injustice du patriarcat pour le rendre condamnable. Se spécialiser sur le sujet des violences sexuelles et sexistes n'est pas un choix qui vous mène vers les fonctions les plus prestigieuses de la profession. La spécialité, récente, est parfois mal comprise dans les rédactions. Les journalistes qui s'y adonnent sont peu nombreux. En France, on les compte sur les doigts des deux mains. Ils sont encore soupçonnés de sensationnalisme, de faire du bas de gamme, du fait divers, du people.

Quelques mois plus tôt, Lorraine avait monté un dossier et un documentaire détaillant les mécanismes qui aboutissent aux féminicides. Elle l'avait fait avec ses outils de journaliste, en racontant les histoires de plusieurs femmes tuées dans l'année par leur conjoint ou ex-conjoint. Elle montrait les répétitions, les alertes ignorées, les violences minimisées, les schémas, toujours les mêmes, qui aboutissent au drame.

Le mot « féminicide » s'est imposé, remplaçant le « crime passionnel » qui a si longtemps servi d'excuse et de paravent à une violence calculée et cynique, une violence s'appuyant sur tout un système de pensée qui convainc un homme qu'il vaut plus que sa femme. Le mot « féminicide » rend tangible ce qui était caché sous le flou de la passion, forcément irrationnelle.

En transformant le vocabulaire, on change la vie.

Le travail est encore à faire pour le viol. Faut-il changer le mot ou l'image qu'il évoque ? On commence à comprendre que celle de l'inconnu avec un couteau s'acharnant sur une victime qui se débat dans un sombre recoin ne recouvre qu'une partie marginale des crimes. Celui-là est le « bon » viol, celui qu'on condamne sans hésiter. La vedette est l'inverse de l'inconnu, son exact opposé. Elle viole aussi. Les victimes se laissent faire, pétrifiées de peur, médusées par la surprise. Celui-là n'est presque jamais puni.

L'image manque encore derrière le mot. Elle est insaisissable.

Lorraine est structurée et bûcheuse. Elle vise juste. Elle se méfie des compliments, comme s'ils portaient en eux le germe de l'hypocrisie et la perspective de la grosse tête. Elle se sent perçue comme l'enfant turbulent et têtu au bout de la table du banquet familial qui vient dire ce qu'on préférerait ne pas entendre. Ce qui n'est pas une raison pour se taire. Au contraire.

J'ai été cet enfant qu'on rabroue pour qu'il ne dise pas de vérité fâcheuse qui viendrait perturber l'harmonie de la société. Il en reste quelque chose.

Lorraine va trouver le chemin pour me convaincre.

# L'implosion

Laura Madden a été l'une des toutes premières femmes à témoigner ouvertement contre Harvey Weinstein.

Elle a 22 ans quand elle croise la route du producteur, venu tourner un film à Dublin. Elle a grandi dans une famille de propriétaires terriens désargentés de la campagne irlandaise et rêve de cinéma.

Il s'est masturbé sur son corps nu.

Elle a travaillé six ans dans les bureaux londoniens de l'homme qui avait abusé d'elle.

Dans *She Said*, le livre sur leur enquête, les journalistes Jodi Kantor et Megan Twohey racontent que toutes les victimes de Weinstein ont évoqué le sentiment de honte et d'illégitimité qui a rongé la fierté de la réussite que leur travail aurait dû leur apporter.

Vingt-cinq ans plus tard, quand elles la rencontrent, Laura Madden a quatre enfants. Elle vient de se séparer de leur père. Elle se débat contre les fins de mois difficiles et un cancer du sein. Elle s'est résolue à l'ablation totale de sa poitrine que recommandent les médecins, qui veulent intervenir dans les semaines à venir.

On peut imaginer, sans trop de risque de se tromper, que la période n'était pas au triomphe de la féminité. Elle se demandait si elle n'était pas définitivement condamnée à ne plus plaire. Désirer et être désirée semblait être devenu un fantasme douloureux qu'il vaut mieux ranger au rayon des souvenirs à oublier pour éviter la morsure de la douceur des temps révolus.

Dans sa décision de témoigner, elle avance deux arguments.

D'abord, la liberté. Elle ne travaille plus pour l'industrie hollywoodienne.

La liberté oblige. On parle aussi pour celles qui ne le peuvent pas, celles qui sont encore coincées dans la nasse des obligations professionnelles.

Ensuite, le moment de la vie. « Puisque tout semblait imploser, un peu plus d'implosion ne pouvait pas être pire », confie-t-elle.

Parler, c'est actif. Une façon de reprendre les rênes quand le destin paraît vous contraindre à encaisser et à subir.

Je n'étais plus dépendante de la télévision française.

Je n'étais pas malade et aucune perspective de mutilation physique ne se présentait à moi. Mais ma féminité n'était pas non plus à son triomphe.

J'avais divorcé d'un auteur à succès un an exactement avant d'aller témoigner chez le Major. Témoigner, je l'aurais fait de toute façon. L'aurais-je fait publiquement à visage découvert si j'avais eu une vie rangée et sans tempêtes ? Je n'en suis pas sûre.

L'officialisation de la séparation n'avait pas calmé le chaos d'une relation qui s'abîmait depuis plusieurs années.

De sa grande expérience des ruptures difficiles, celles qui interdisent jusqu'à la nostalgie, mon avocate retenait un point commun, un invariant qui dépasse les cas particuliers. Presque toujours, dans ces cas-là, ses clients lui disent : « Je ne reconnais plus l'autre avec qui j'ai vécu. »

Les séparations arrivent quand les récits de l'un et de l'autre ne se croisent plus. Dans mon couple, nos récits s'étaient mêlés d'une manière particulière.

Dans tous les livres qu'il avait publiés durant le temps de notre vie commune, mon ex-mari voulait parler de moi. Le travail qu'il me demandait sur ses ouvrages m'assurait que la représentation qu'il faisait de ma vie, de mes chagrins, de mes deuils, de ma famille ou de ma sexualité me convenait.

Après le divorce, il voulait être le seul maître du récit.

J'ai protesté, refusé d'être le personnage d'une histoire fausse et estropiée.

J'ai imposé que mon récit ne soit plus le sien.

Ça n'a pas été sans peine.

Comme le montre le travail de Lorraine sur les féminicides, toujours précédés de maltraitances, trois puissants stéréotypes disqualifient les femmes qui dénoncent les violences dont elles sont victimes : « elle exagère », « elle veut lui nuire », « elle est animée par le dépit amoureux ».

Toutes celles qui vont témoigner contre Patrick Poivre d'Arvor vont y avoir droit. « Quand elles ne sont pas trop écrasées par la légende sociétale qui les réduit dans toutes leurs dimensions, les femmes reprennent leur récit », écrit Deborah Levy (*Le Coût de la vie*).

Le dénigrement et les calomnies m'accablaient, mais moins que l'impuissance, le silence et la résignation. Je retrouvais ce que j'avais délaissé et qui m'était, comme à chacun d'entre nous, le plus précieux : ma voix.

Lorraine avait trouvé son point d'entrée, la phrase magique qui provoque le déclic : « Ton témoignage sur le viol, écris-le toi-même. »

Sa parution a fait exploser une bulle de solitude.

## « Écris-le toi-même »

Des centaines de messages ont déferlé dans les heures qui ont suivi la publication.

Presque tous soulignaient mon courage. Ce qui n'était pas sans m'inquiéter : le courage suppose le danger. Le mot était si unanimement avancé qu'il me laissait l'impression qu'on saluait un soldat montant au front d'un noble combat perdu d'avance.

La boue arrive souvent en différé, bien lourde, noire, collante et infamante. J'allais en recevoir des paquets.

Les premières gouttes ont pourtant jailli dès le début. Un ou deux messages privés qui fusent, comme celui-ci : « Je me souviens de vous à TF1. Vous n'étiez pas une sainte, pas la dernière à allumer les hommes. » Ce qui motive quelqu'un à envoyer ce genre de vacherie reste un épais mystère.

Des inconnues me confiaient que mon histoire était aussi la leur. Elles vivaient ou avaient vécu la même chose avec un professeur de médecine, un patron de PME, un chef de rayon ou un avocat réputé, et j'en passe.

J'ai lu trop vite les mots qui me disaient : « Merci de parler pour celles qui ne le peuvent pas encore. » Je retrouverai quelques-unes de leurs autrices dans le dossier du Major.

La vie vous offre rarement des rencontres comme celles que je vais faire.

On a su avant de se voir qu'on était faites du même bois. On avait toutes buté contre le silence ou l'indifférence, partagé l'humiliation, l'espoir d'une justice et la volonté de défendre celles qui ne le peuvent pas. On a de 20 à 60 ans. On vit à la campagne, dans un village, dans une grande ville de France ou à Paris. On est bourgeoise, de droite ou de gauche, fauchée ou pas, militante associative, psychothérapeute, enseignante, restauratrice, vendeuse chez Intersport, journaliste pour beaucoup. Les écrivaines sont surreprésentées, les anorexiques aussi. Certaines étaient mineures au moment des faits. On est toutes françaises (sauf Nora, qui ne reconnaît pas l'autorité de l'État français sur le Pays basque). On a toutes fait des études supérieures. Les sociologues sauraient déterminer un biais de sélection en comparant notre groupe aux statistiques nationales. Les enquêteurs auraient pu chercher un profil des victimes. Les faits s'étalent de 1981 à 2016.

On est les preuves vivantes de ce que le patriarcat à la française coûte de peur, de solitude et de souffrance. On veut toutes la même chose : empêcher le système qui nous a coincées de continuer à en coincer d'autres. On fait chacune avec nos armes. Le bagout d'Emmanuelle, la puissance de Muriel, la franchise de Stéphanie, la finesse de Clémence, l'humour d'Aude, la ténacité de Cécile, la précision de Chloé, la résistance de Florence, la rigueur de Karin, la justesse de Marie-Laure, la créativité de Margot, la subtilité de Justine, la force de toutes et de chacune. La mienne, c'est ce que vous lisez.

Cette histoire est notre histoire.

Chacune a relu les passages la concernant. Certaines m'ont demandé de changer leur nom et les lieux pour qu'on ne puisse pas les reconnaître. Les faits, les sentiments, les dates sont ceux qu'elles m'ont racontés.

# Chloé

Chloé a été la première à me contacter.

Ça n'est pas son vrai prénom.

Elle travaille toujours pour une chaîne de télévision. Avoir été violée par un supérieur hiérarchique n'entrave pas une carrière, à une seule condition : que ça ne se sache pas. C'est la loi tacite pour les victimes. Il n'y a ni exception ni prescription. Chloé replongera dans la peur quand notre agresseur découvrira son identité. Pour le moment, sa famille ne sait encore rien.

Dès qu'elle a entendu parler de la plainte de Florence Porcel, elle a cherché le numéro du Major. Il l'a entendue la veille de mon audition.

Chloé débarque à Paris, seule, après ses études de journalisme à Lille. Elle est la fierté de ses parents, leur fille chérie portant la réussite de l'intégration d'immigrés polonais du temps du charbon. L'ascenseur social monte depuis trois générations. Ses grands-parents étaient mineurs de fond, ses parents ingénieurs. Une enfance et une adolescence près de Béthune.

Dans son collège, élèves et professeurs étaient tous devant le *20 heures* de TF1 le jour où une équipe avait débarqué de Paris pour filmer l'établissement. Le reporter était venu percer le mystère du suicide de deux adolescentes qui « avaient voulu faire comme Kurt Cobain ». Elle se souvient de la chute de son direct, de sa dernière phrase : « Quand on grandit dans un environnement aussi morose, pas étonnant d'être en quête de sens dans la vie. »

Cliché de journaliste parisien. La vie n'était pas si morose pour Chloé. Elle s'éclairait de l'émoi des balades à vélo, des premiers flirts, des rêves d'un ailleurs qui brille.

Elle est intelligente et sérieuse. Elle a 24 ans quand elle gagne le prix Francis-Bouygues, un concours sponsorisé par l'actionnaire de TF1 et récompensé par une embauche dans la rédaction de la chaîne. Sa beauté est aussi incontournable que difficile à décrire sans tomber dans les stéréotypes. Elle est ancrée dans une féminité extrême, laiteuse, moelleuse. Quelque chose que Marilyn Monroe a incarné pour la postérité et qui n'a pas échappé à notre agresseur.

Lorsqu'il la croise dans les couloirs de la rédaction, il lui susurre, les yeux mi-clos, dans un râle suggestif supposé érotique : « Humm... Marilyn... » Un autre jour, sous prétexte de commenter un reportage diffusé dans son journal, il s'attarde après la conférence critique qui suit le *20 heures*. Il bloque Chloé près de l'ascenseur, se penche vers elle, une main contre le mur au-dessus de son épaule : « Vous êtes en couple ? Vous êtes fidèle ? »

C'est gênant, déplacé et intrusif, d'une grossièreté couverte de miel, collante et doucereuse.

Il posait ces deux questions depuis si longtemps à toutes les femmes qui attiraient son attention que c'était devenu une blague dans le milieu. Les femmes se prévenaient entre elles. J'y avais eu droit dix ans plus tôt.

On répondait « oui » deux fois. Ça ne l'arrêtait pas.

Ça dessinait une première brèche dans les relations professionnelles. Une intrusion personnelle, ambiguë, une marque déstabilisante. On ne s'offusquait pas, pour ne pas passer pour une petite nature. Il se faisait assez peu rembarrer brutalement, plutôt, comme je l'ai fait, avec une ironie courtoise. Il se permettait d'enchaîner. Si on en parlait, on le faisait en riant de l'air détaché de celle à qui on ne la fait pas.

Chloé est convoquée dans le fameux bureau qui sera si souvent décrit dans l'enquête du Major. Seuls les grands chefs ont droit à une pièce fermée dans la rédaction de TF1, les autres sont installés sur de vastes plateaux étrangement qualifiés de « paysagers » – c'est comme ça qu'on appelait les *open spaces* dans les années 2000.

Elle y entre pour la deuxième fois, pour la première fois toute seule. On est en milieu d'après-midi. La porte reste ouverte sur l'antichambre que les deux fidèles secrétaires du présentateur vedette, Fanny et Marie-Hélène, partagent avec la rédactrice en chef du *20 heures*, Geneviève Galey, une femme sévère et réputée pour son hostilité envers les jeunes et jolies journalistes.

Chloé est accueillie par un sourire engageant.

Le sujet du reportage du jour est vite évacué.

« Vous vous souvenez quand vous êtes venue me présenter une infographie ? Vous avez collé vos seins contre mon dos… Vous savez, vous avez beaucoup d'atouts. »

En moins de temps qu'il n'en faut pour le dire, il se lève de son fauteuil, enfonce sa langue dans la bouche de Chloé, la renverse sur le plateau de la grande table, une main dans le soutien-gorge tandis que l'autre plonge dans la culotte.

Un doigt de la main dans la culotte entre à l'intérieur du sexe de Chloé.

Vous êtes sur votre lieu de travail. L'homme est omnipotent. Il vous intimide un peu. Vous respectez son pouvoir. Votre avenir professionnel dépend de lui.

Soudainement, brusquement, il fouille l'intérieur de votre sexe.

C'est une anomalie qu'aucun cerveau ne peut gérer.

Les pensées s'accélèrent pour faire tourner le plus vite possible le programme neuronal en mode « danger ». En attendant de trouver la solution pour vous en sortir avec le moins de dommage possible, vous ne bougez pas. Et d'ailleurs, c'est peut-être ça, la solution. Ne pas bouger.

Le doigt est resté là où il était pendant plusieurs minutes qui ont paru à Chloé particulièrement longues.

Elle se souvient d'avoir pensé à la porte grande ouverte, aux secrétaires et à la rédactrice en chef de l'autre côté de la cloison, à la fierté de ses parents, aux années d'efforts pour décrocher son poste, à l'homme qu'elle aime, au récit qui, immanquablement, l'accablerait si elle était vue dans cette posture. Je le connais, ce récit. On le connaît tous.

Elle en a conclu qu'il ne fallait pas faire de bruit, qu'il ne fallait pas l'exciter davantage, qu'il fallait se dégager silencieusement.

Elle s'est tortillée pour sortir la langue de sa bouche et le doigt de son vagin.

Elle a murmuré un « non, Patrick ». Pas trop fort, pas trop impératif pour ne pas le mettre en colère.

Elle s'est redressée. Il n'a pas semblé embarrassé du tout.

Elle a quitté les lieux comme on fuit un saccage, rasant les murs, cramoisie, échevelée, rajustant sa tenue, sidérée.

Elle n'a rien dit ce jour-là, ni pendant quinze ans.

La nuit sans sommeil qui a suivi a été occupée à chercher comment se protéger et limiter les dégâts. Le prix Francis-Bouygues, les parents qu'on saluait à l'Intermarché d'un « On a vu Chloé à la télévision hier soir », qu'ils accueillaient de l'air modeste de ceux qui feignent de trouver ça naturel, les lumières de Paris, tout ça allait disparaître parce que le présentateur vedette avait voulu coucher avec elle sans lui demander son avis ?

Elle lui a écrit une lettre.

Elle n'a pas gardé de copie de cette lettre. Lui, si.

Elle n'a pas écrit qu'il ne lui plaisait pas, qu'elle le trouvait vieux et laid, que si elle avait voulu une relation avec lui elle le lui aurait fait savoir.

Elle lui a raconté qu'il était un modèle professionnel admirable mais qu'elle aimait un homme de son âge, c'est pourquoi elle ne pouvait pas aller plus loin.

Il n'a pas répondu.

Quelque temps plus tard, elle l'a surpris en grande conversation avec son chef de service. De journaliste prometteuse, elle était passée à « trop juvénile », sa voix et son physique ne faisaient plus assez sérieux. Elle n'était plus crédible à l'antenne.

Cette année-là, pour la première fois, elle n'a pas été augmentée.

Elle a quitté TF1 à la première occasion. Jusqu'à ce moment-là elle a fui autant que possible les rencontres avec lui, s'est composé un visage indifférent quand elle le croisait.

À son pot de départ, devant la rédaction qui buvait du vin blanc dans des gobelets en plastique, il a tenu à faire un discours. Il a fixé ses yeux dans les siens. « Maintenant, chère Chloé, nous n'aurons plus de liens hiérarchiques. » La finesse de l'allusion n'a échappé à personne. C'était sans doute un des effets escomptés de la sortie.

Bien des années après, alors qu'elle racontait cette histoire à une amie, Chloé a mis le mot « viol » sur ce qui lui était arrivé. L'amie n'avait eu qu'à lui en donner la définition légale : « tout acte de pénétration sexuelle, de quelque nature qu'il soit, ou tout acte bucco-génital, commis sur la personne d'autrui ou sur la personne de l'auteur par violence, contrainte, menace ou surprise ».

Un homme qui s'excite en vous mettant un doigt dans le vagin, c'est une pénétration sexuelle. Un doigt dans l'anus, un pénis n'importe où, aussi. Mais pas un doigt dans la bouche. Pendant longtemps, un grand-père qui lèche le sexe de sa petite-fille, ça n'était pas un viol. La langue n'était pas entrée assez loin dans le corps de l'enfant. Ainsi en avait décidé la jurisprudence. Les magistrats ont parfois à faire des interprétations pointues juridiquement, difficiles moralement. Les législateurs ont précisé leur pensée en 2021 : ils ont ajouté les actes bucco-génitaux dans la définition légale du viol, celle que vous venez de lire.

L'« acte de pénétration [...] commis sur la personne de l'auteur » m'a d'abord laissée perplexe, avant que j'apprenne que le terme avait été ajouté afin de pouvoir juger les pédocriminels qui pratiquent des fellations sur des enfants, notamment.

La pénétration, c'est ce que le droit pénal appelle la « matérialité des faits ».

Quand la matérialité des faits est établie, l'agresseur a encore une porte de sortie : il n'a qu'à dire que la victime était d'accord. C'est ce qu'il dit presque toujours. C'est ce qu'il dira de moi.

Pour pouvoir juger et, éventuellement, très rarement, condamner, il faut donc encore prouver l'intentionnalité.

C'est là qu'interviennent la violence, la contrainte, la menace et la surprise.

Dans le cas de Chloé, la surprise ne fait pas débat. Attirer une jeune femme sous un faux prétexte professionnel pour abuser d'elle est une ruse grossière à laquelle aucun collaborateur ne devrait être soumis.

On pourrait penser que la contrainte hiérarchique était tout aussi évidente. La menace sur la carrière, pour être implicite, n'en était pas moins réelle.

Pourtant, dans la pratique, ça ne l'est pas. En 2018, à Grenoble, le gérant d'une entreprise de construction qui avait abusé de plusieurs de ses salariées s'est vu accorder un non-lieu. Déni et dépression sévère surmontés, l'une des salariées avait porté plainte. Le juge a décidé que la peur de perdre l'emploi qui nourrissait toute la famille n'était pas une contrainte suffisante, que l'employée avait « choisi de se soumettre », que dire « non » ne suffisait pas, encore fallait-il le faire « fermement et durablement ». La suite de l'argumentation est consternante de cynisme : « Si la notion de viol "sous contrainte économique" était effectivement retenue par le droit pénal français, cela reviendrait notamment à poursuivre et punir l'ensemble des personnes ayant recours aux services de prostituées, dans la mesure où le consentement de celles-ci aux actes sexuels pratiqués n'aurait, nécessairement, pas été obtenu de manière totalement libre et éclairée, mais parce que ces dernières y sont, le plus souvent, contraintes économiquement. »

J'ai cru à une blague. Ça n'en est pas une. En France, aujourd'hui, il y a des magistrats pour trouver qu'on ne va pas empêcher un patron d'exercer son droit de cuissage sur une employée parce que, sinon, on ne pourra plus aller aux putes. Ou que le travail salarié des femmes a quelque chose à voir avec la prostitution.

La définition du viol à partir du comportement de l'agresseur, de la violence, de la contrainte, de la menace et de la surprise qu'il exerce, ça a été un immense progrès en 1980 quand la loi a été votée. Et on pourrait se dire que, effectivement, dans le viol, le problème, c'est bien le comportement de l'agresseur.

Un mot est volontairement absent du texte, quoique présent dans l'esprit des policiers, des magistrats, des jurés, des victimes et de toute la société : « consentement ».

L'usage s'est chargé de le rajouter, s'appuyant sur un préjugé massif : le consentement est présumé. La présomption de consentement est si fortement inscrite dans l'imaginaire collectif qu'elle n'a pas besoin de figurer dans la loi.

C'est aux victimes de faire la preuve qu'elles n'étaient pas consentantes. Et qu'elles l'ont suffisamment fait savoir à l'agresseur.

Le droit, c'est le droit de la preuve. Dans les affaires de viol, pour des crimes commis sur les corps, presque toujours à huis clos, sans témoins, la justice cale, faute de preuves. Les preuves exigées sont, la plupart du temps, impossibles à apporter. Elles doivent être accablantes.

Dans notre affaire, si vingt-trois femmes qui ne se connaissent pas et qui racontent à la justice le même comportement délinquant d'un homme, ça n'est pas une preuve, même pas un faisceau d'indices justifiant l'ouverture d'une instruction, alors, qu'est-ce que c'est, une preuve ?

Un an avant la plainte de Florence Porcel, une consœur de la presse écrite avait eu vent de ce qui était arrivé à Chloé. Elle lui avait demandé de tout raconter par écrit. Chloé m'a envoyé ce texte dès que mon témoignage a été publié. J'ai pleuré pour elle, pour moi. Je me suis reconnue pour la première fois dans son histoire. Il y en aura d'autres, des sœurs de misère. Beaucoup d'autres.

Quand l'affaire a éclaté publiquement, Chloé en a parlé au père de son fils qui en a été rétrospectivement dévasté : « Pourquoi tu ne m'as rien dit ? Je t'aurais défendue ! Tu aurais quitté TF1. »

C'est bien pour ça qu'on ne dit rien.

Face à n'importe quel autre crime, c'est le criminel que la société exclut. Dès qu'il s'agit de crimes sexuels, c'est la victime qu'on condamne. Ici, à déserter ses ambitions professionnelles, sans penser une seconde que le responsable devrait partir. C'est dit avec bienveillance. C'est pire.

Patrick Poivre d'Arvor se souviendra d'un baiser, furtif et consenti, d'« une étreinte, peut-être ». Il niera le doigt. Il essayera systématiquement de faire passer les viols et les agressions sexuelles dont il est accusé pour du marivaudage.

Geneviève Galey, la rédactrice en chef qui se tenait à quelques mètres de la scène, derrière la cloison, refusera de croire Chloé. Elle a donné à Marine Turchi, la journaliste de *Mediapart* qui l'a interrogée, une explication qui résume la quintessence de la culture du viol : « Jamais une fille n'a pu avoir un truc comme ça avec la porte ouverte, ce n'est pas possible ! Si les secrétaires avaient entendu, elles auraient fermé la porte ! Moi, si j'avais été secrétaire, discrètement, je fermerais la porte. »

Combien sont-ils à avoir, discrètement, fermé la porte et les yeux ?

# Cécile

Chloé m'a invitée à déjeuner chez elle avec Cécile, une ancienne de TF1 elle aussi. Leur amitié est née quand elles y ont travaillé ensemble, au début des années 2000.

Chloé habite dans les hauteurs d'un immeuble de Boulogne. Elle nous avait préparé un gaspacho vert : concombre et menthe fraîche. Petit électroménager assorti. L'appartement éclate de couleurs, soigné comme les vêtements qu'elle porte. Chloé aime que ça claque et que ça scintille autour d'elle. Elle a une robe imprimée de plumes de paon qui impressionne son fils depuis qu'un paon, un vrai, l'a attaquée au Jardin d'Acclimatation. Il l'avait prise pour un rival. Par les grandes portes-fenêtres qui donnent sur le balcon, on voit une mer de toitures et le reflet du soleil sur un bord de Seine. J'ai pensé aux courses, à la matinée passée à préparer la soupe froide, légère et parfumée.

On s'est étreintes. On a ri de nos souvenirs du pitre dangereux et pathétique, de la concordance de nos avis sur les acteurs du théâtre qui s'agitaient autour de lui, et notamment certaines femmes qui planaient dans les hauteurs de la hiérarchie. Elles n'ont pas été les moins cruelles.

Cécile est franche et tranchée. Elle vous regarde droit dans les yeux, ne coupe jamais la parole. Elle attend toujours que son interlocuteur ait terminé de parler. Une courtoisie peaufinée par les années de métier d'une journaliste de terrain qui sait qu'elle pourra toujours couper au montage. Je suis plus impatiente.

Elle a raconté au Major qu'elle aussi avait payé la présence et la puissance du prédateur. Il ne l'a jamais touchée. Elle a passé deux ans à la rédaction de TF1. Lors de son entretien d'embauche, on lui a dit qu'il y avait déjà beaucoup de voix de femmes à l'antenne et qu'elle ferait mieux d'éviter de tomber enceinte.

Un soir, devant ses chefs de service, qui ne se souviennent de rien, la vedette lui a demandé si elle était en couple, si elle était fidèle.

Tout le monde a ri. Sauf elle. Elle a eu peur.

Après ça, elle faisait demi-tour quand la silhouette voûtée se profilait dans un couloir, elle évitait l'ascenseur s'il était dans les parages, la proximité de son bureau, les jolis vêtements, les conférences où se décident les sujets et les carrières.

Les réunions tournaient vite à l'humiliation pour les dernières arrivées. Les jeunes recrues avaient droit à un « petit compliment », toujours sur leur physique, ou, quelquefois, à un trait d'humour offensant. À Cécile : « les plus beaux yeux de la rédaction » ; à Chloé : « petite chèvre obstinée » ; à moi : « sculpture vivante ». Se faire allumer devant tous les collègues qui en rient sous cape n'est pas une position enviable.

Le harcèlement prospère parce qu'il est autorisé, parce qu'il indiffère ou qu'il amuse. Mais aussi, comme le résume l'écrivaine britannique Jacqueline Rose, citée par Rebecca Solnit dans *Souvenirs de mon inexistence*, parce que « le harcèlement sexuel est la performance masculine par excellence, l'acte par lequel un homme vise à convaincre sa cible non seulement qu'il est l'unique détenteur du pouvoir (ce qui est vrai) mais aussi que son pouvoir et sa sexualité sont une seule et même chose ». Devant les enquêteurs, le présentateur n'a pas nié. Il reconnaît interroger des collaboratrices sur leur vertu et leur situation sentimentale pour « s'assurer de leur disponibilité ». Il ne voit pas pourquoi il s'en priverait. « Avant d'engager une relation avec quelqu'un, il me faut savoir si cette personne est libre. » Il ajoute qu'il n'a aucun souvenir de Cécile.

S'assurer de la disponibilité sexuelle de jeunes femmes encore mal intégrées dans les équipes ne semble pas lui poser problème, ni à lui ni à tous ceux qui le voyaient faire, comme s'il n'y avait pas de rapport de pouvoir, comme si ça n'installait aucune domination, comme s'il arrêtait quand on lui faisait comprendre qu'on n'était pas intéressée.

Le témoignage de Cécile est important. Il montre comment la violence sexuelle et l'abus de pouvoir pourrissent leur environnement par cercles concentriques.

Le viol et les agressions sont au cœur de la dévastation.

Autour du cœur, les rumeurs de machine à café. Les noms de celles qui sont supposées y être passées circulent. Avoir son nom sur la liste infamante implique que vos mérites professionnels seront déconsidérés, votre avancement toujours suspect.

Le cercle suivant, c'est celui sur lequel Cécile a navigué. L'évitement vous éloigne des lieux où se jouent les ambitions, vous fige dans les tâches subalternes. Seules les femmes sont concernées. La mayonnaise de la discrimination sexiste peut monter tranquillement.

Le dernier cercle est le plus difficile à voir puisque, justement, il est fait de la foule des absentes. La directrice d'une école de journalisme, Catherine Lambret, n'a envoyé aucune de ses étudiantes en stage à TF1 pendant dix ans. Elle réservait les stages dans la plus grande rédaction de télévision française aux hommes. Catherine Lambret protégeait les jeunes femmes dont elle avait la charge : aucune n'aurait été en sécurité dans une rédaction à proximité de Patrick Poivre d'Arvor. Elle le savait. Elle a pris la mesure qui s'imposait. Elle a bien fait. Cécile ajoute que « plusieurs générations de femmes n'ont pas eu accès à la carrière qu'elles auraient pu espérer parce qu'il leur fallait d'abord échapper à cet homme ». Dix ou vingt ans plus tard, la hiérarchie s'est construite sans elles. La prédation sexuelle marque l'environnement pour longtemps.

Rares sont les journalistes de la rédaction de TF1 à avoir avoué publiquement qu'elles avaient peur de croiser la vedette. Des dizaines d'autres auraient pu le faire. Elles ne le feront pas.

Marie-Laure Augry a été une présentatrice populaire de la chaîne jusqu'en 1991. Elle est une des seules à avoir osé témoigner de l'ambiance qu'imposait le comportement sexuel du présentateur. Interrogée sur ce qu'on savait à l'époque, elle raconte qu'il invitait les jeunes journalistes à passer le voir dans son bureau pour évoquer leur parcours professionnel et qu'on disait qu'il valait mieux éviter de le faire. « On lui disait à lui ? » lui demande-t-on. « Non, à la fille », répond-elle.

Combien de femmes auraient été épargnées si c'est à lui qu'on avait dit de faire attention, si c'est lui qui avait risqué la moindre désapprobation ?

Ça n'est pas arrivé.

Que la question puisse être posée me paraît pourtant un progrès.

# Le coup du plateau

La majorité des femmes qui ont témoigné ont raconté un même piège : le coup du plateau.

Il y avait d'autres lieux et d'autres stratégies : les hôtels pour quelques-unes, chez lui à Neuilly pour moi et plusieurs autres.

Le coup du plateau était ritualisé. Il mobilisait les moyens matériels et humains de TF1.

Vous êtes invitée à voir un *20 heures*. Le rendez-vous a été organisé par une des deux secrétaires, Fanny ou Marie-Hélène, qui doit entrer votre nom dans le fichier des badges et de la sécurité. On ne circule pas comme on veut dans la tour TF1.

Le soir, à la nuit tombante ou tombée selon les saisons, vous arrivez à Boulogne, aux portes de Paris. Vous pénétrez dans un hall de granit rose et d'inox rutilant. Vous vous adressez à une très jolie hôtesse qui appelle quelqu'un pour vous accompagner sur le plateau.

On vous pose sur une chaise, tout au fond, derrière les caméras, face à la grande table.

La mise en scène fait penser à celle du souper du roi, quand Louis XIV dînait dans l'antichambre du Grand Couvert à Versailles. Le roi arrivait à 22 heures, partait une heure plus tard. Le présentateur faisait son entrée tout juste avant 20 heures avec le chef d'édition, qui va s'asseoir en régie dans le rôle du capitaine des gardes, les projecteurs remplaçaient les pages éclairant le monarque dont Saint-Simon racontait que « les louanges, disons mieux, la flatterie lui plaisait à tel point que les plus grossières étaient bien reçues, les plus basses encore mieux savourées ».

Le monarque ne vous dit ni « bonjour » ni « au revoir ».

Patrick Poivre d'Arvor (que vous connaissez mal, que vous avez vu une fois ou que vous n'avez jamais rencontré s'il vous a invitée en réponse à une lettre) s'installe au dernier moment, quelques secondes avant l'heure dite, sur les images du générique d'ouverture du journal. Il énonce les titres de l'actualité, lance le premier sujet. Dès qu'il est hors champ, il engueule la régie ou son assistante, s'amuse à faire des changements inutiles *in extremis* pour trouver quelqu'un à prendre en faute. Vous ne voyez pas le journal, vous voyez Patrick Poivre d'Arvor et la maquilleuse qui vient régulièrement poudrer son visage. Aux premières notes du générique de fin, il se lève et s'en va.

Vous vous demandez ce que vous faites là. Et comment retrouver le chemin de la sortie.

Les minutes passent. Les lumières s'éteignent. Les techniciens se sont dit au revoir.

C'est là qu'apparaît Fanny ou Marie-Hélène. Elle vous explique que Patrick termine une réunion et qu'il vous demande de le rejoindre dans son bureau : « Vous n'avez qu'à me suivre. »

Les lumières du plateau, les gens qui travaillent, tout a disparu.

Fanny ou Marie-Hélène vous précède dans l'ascenseur ou dans l'escalier, puis dans un couloir éclairé *a minima*, traversant de grands espaces désertés.

Fanny ou Marie-Hélène vous fait entrer dans le bureau du deuxième étage.

Il faut l'attendre. L'embarras grandit.

Quand il arrive, la secrétaire souhaite une bonne soirée à tout le monde et ferme la porte.

Il s'attarde sur quelques papiers. Vous n'osez pas l'interrompre. Vous remarquez sa grossièreté mais vous êtes trop bien élevée pour en faire état. Et puis c'est un homme important. Il doit être très occupé. Vous regardez la Seine dans la nuit, la bibliothèque, les photos encadrées de la vedette avec les grands de ce monde ou, à partir de 1995, l'immense portrait de sa fille suicidée. Quand il a fini son courrier, il vous propose un verre qu'il sort d'un minibar réfrigéré.

Et il vous saute dessus.

Toutes les femmes qui ont témoigné ont été agressées. Certaines, violées.

Le nombre de mots échangés varie un peu, le délai aussi, mais il n'excède jamais quelques minutes.

Les femmes défilaient, parfois plusieurs par semaine.

Une quinzaine d'entre elles ont raconté cette histoire au Major ou dans la presse, presque sans variations. Elles ne se connaissaient pas. Il est impossible qu'elles se soient concertées.

S'il n'y avait pas de témoins de ce qui se passait dans le bureau, le reste était au vu et au su de tous.

Personne ne s'en est inquiété.

Tous ceux qui ont assisté de près ou de loin au spectacle ne sont pas des êtres particulièrement malveillants. TF1 n'était pas rempli de monstres, d'arrivistes sans états d'âme, d'imbéciles autocentrés. Il y en avait, bien entendu, comme partout, comme dans tous les lieux de pouvoir, mais ils constituaient une petite minorité.

Pourquoi ce qui s'est passé si souvent pendant tant d'années dans le bureau de la vedette est-il demeuré impossible à comprendre ? Un récit encore impossible à entendre pour certains de ceux qui ont assisté à ce ballet et n'ont rien dit. S'en veulent-ils ? Cherchent-ils à se défendre de la complaisance (au mieux) ou de la complicité (au pire) qu'ils ont manifestée ? Peuvent-ils vivre en paix avec eux-mêmes maintenant que les faits ont été révélés ? Nier la violence, c'est y participer. Tous ne nient pas. Les souvenirs de beaucoup se sont opportunément évaporés. Certains mentent sciemment, d'autres ont choisi de nous traiter comme des ennemies. Très peu se souviennent et témoignent honnêtement du système.

Pour construire ce système criminel et le faire tourner sans anicroche pendant une trentaine d'années, il ne suffit pas d'un homme, de phénomènes de cour, de la lâcheté d'un groupe social ni de cette tendance profondément humaine à confondre l'autorité avec la vérité. Il faut aussi un immense échafaudage, des superpositions de légendes sur le pouvoir, la sexualité, la séduction, les hommes et les femmes.

Des millénaires de patriarcat ont recouvert la réalité de jolies histoires aussi fausses que bien tournées.

Les papiers peints de contes de fées cachent le mur décrépit. Un mur troué des violences que nous avons endurées. Il a fallu aussi des siècles d'intelligence pour que nous arrivions à en soulever quelques couches.

Dans *Mathematica,* David Bessis raconte tout ce que sa pensée de mathématicien doit aux générations de penseurs qui l'ont précédé. Il propose un exercice simple :

« Prenez un milliard. Enlevez 1. Combien reste-t-il ?

« Vous n'avez pas besoin de réfléchir, vous pouvez directement voir le résultat écrit dans votre tête : 999 999 999. Le résultat est même plus facile à voir qu'à prononcer.

« Ça vous semble évident et, pourtant, ça ne l'est pas pour tout le monde. Pour un habitant de la Rome antique, ça n'était pas évident du tout. […]

« Il vous aurait pris pour un savant fou.

« Essayez d'écrire 999 999 999 en chiffres romains et vous aurez de gros ennuis. Pour quelqu'un qui ne connaît que les chiffres romains, 999 999 999 est bien plus qu'un grand nombre déconnecté de la vie quotidienne. C'est un nombre dont l'écriture pose problème. C'est un nombre vertigineux, terrifiant, impossible à regarder en face. »

Aujourd'hui encore, raconter un viol, c'est affronter une armée qui n'a aucune conscience de son antiquité, qui ignore les chiffres arabes et essaye d'écrire les grands nombres en chiffres romains. Vertigineux, terrifiant, impossible à regarder en face. Et le résultat est systématiquement erroné.

On ne nous a pas prises pour des savantes folles ; on nous a prises pour des folles tout court. Ou pour de mauvaises personnes, menteuses, vénales, amères, ratées, manipulatrices, jalouses, vicieuses, perverses, victimes de la mode des dénonciations, pas des violences imposées.

Le système décimal en chiffres arabes des violences sexuelles, je le dois à des générations de penseuses et d'autrices féministes qui ont soulevé, les unes après les autres, les couches de papiers peints de contes de fées dont la performance narrative détourne par des contournements tordus de la réalité observable. Nous sommes tissés de ces récits. Tous, victimes, bourreaux, amis, amoureux, témoins proches ou lointains, institutions.

Dans mon histoire, un homme, un seul, a répété les mêmes mots, les mêmes gestes, les mêmes humiliations, les mêmes violences. Cet homme était dans une position d'ultra-domination. Il était célèbre, riche, il disposait d'un réseau qui allait de la presse people aux chefs d'État en passant par le monde de l'édition. Il va activer tout son pouvoir finissant pour nous décrédibiliser. Une soixantaine de femmes m'ont raconté comment elles ont vécu l'oppression sexuelle. Toutes différentes. Elles sont un extraordinaire échantillon de la résistance féminine et des chemins d'adaptation à un rapport de domination démesurément en leur défaveur.

Quand aurons-nous assez d'histoires de victimes pour ne plus minorer la gravité des blessures, pour ne plus penser qu'un homme qui jouit d'écraser son prochain, ou plutôt sa prochaine, est un séducteur aux désirs normalisés ? « L'ensemble de notre système culturel et social est du côté des agresseurs, du côté des forts, du côté des puissants. Il nous faut résister aux réflexes ancestraux : déni de la gravité des faits, recours au fatalisme, paresse à affronter les personnes dominatrices », explique Marie-France Casalis, qui a porté pendant des années la ligne d'écoute pour les femmes victimes de violences qui cherchent de l'aide.

Sans toutes celles qui ont parlé avant nous et ont réussi à sortir de la gangue de l'indifférence gênée, toutes celles qui, petit à petit, nous ont appris à compter juste même avec les grands nombres, nos récits seraient restés lettre morte. Ils auraient été éliminés du discours, et même de la pensée, d'hommes et de femmes qui, à quelques exceptions près, ne sont pas sans empathie, pas plus mauvais que vous ou moi.

Comprendre, sans détourner le regard, ce qu'est réellement un viol, c'est accepter que le viol n'existe que grâce au silence qu'il impose. Le premier à le savoir, c'est l'agresseur. Le silence lui assure une tranquille impunité et la permission de recommencer aussi souvent qu'il le veut. Enfermées dans la violence du traumatisme, coincées entre les murs de la honte et de la culpabilité, nous ne pouvons pas articuler notre détresse. Sa puissance de destruction est amplifiée. Dans un terrible effort pour sortir du piège, on retourne la destruction contre soi.

On se tait et, parfois, on se tue.

# Lisa et Béatrice

Je ne sais presque rien de Lisa et de Béatrice.

Le nom de la première est dans le dossier du Major.

Lisa Bresner a été une écrivaine prolifique. Elle a publié une vingtaine de livres. Elle était passionnée par le chinois et le japonais, qu'elle avait perfectionnés lors de son séjour à la Villa Kujoyama de Kyoto. C'est là que je peux le mieux la visualiser. Je connais l'endroit, où j'ai séjourné quelques semaines. La villa est posée sur les hauteurs de la ville. Je l'imagine, jeune femme gracile et précise, traversant les chemins mousseux et parfumés après la pluie. L'ascenseur souvent en panne au pied du très haut escalier, rejoignant un des studios de béton gris tournés vers la montagne. Elle pouvait y écrire à l'abri.

Un de ses anciens amoureux a contacté les enquêteurs. Il raconte leurs promenades dans Paris et la tendresse qu'ils avaient gardée l'un pour l'autre après la fin de leur histoire. Avant de se suicider, elle lui a parlé d'une relation malsaine avec Patrick Poivre d'Arvor, qui, lui, évoquera une courte aventure amoureuse avec une femme fragile psychologiquement.

Lisa s'est tuée à Nantes, à 35 ans. On a planté un cerisier du Japon à sa mémoire. Une médiathèque de la ville porte son nom.

Celles qui se tuent ne sont pas les plus faibles. L'essayiste Andrea Dworkin voit des femmes qui ne font pas souffrir ceux qui les ont fait souffrir : « Nous nous en prenons plutôt à nous-mêmes. Nous nous suicidons. J'ai connu tellement de femmes qui ont passé chaque jour à lutter pour rester en vie, en raison de leur désespoir intérieur, à cause des agressions sexuelles qu'elles ont subies. Et ce sont des femmes courageuses. Des femmes fortes. Des femmes créatives. Des femmes qui pensaient avoir droit à la dignité, à l'individualité, à la liberté… » (*Souvenez-vous, résistez, ne cédez pas*).

De Béatrice, je ne sais que ce que son amie Lola m'a raconté. Encore lycéenne, elle avait croisé Patrick Poivre d'Arvor dans un salon du livre. Elle était fan. Lola m'a montré trois photos d'elle, souriante, aux côtés du présentateur. Un jour, il l'a invitée chez lui. Elle n'avait pas 20 ans, il en avait plus de 60. Elle n'a plus jamais été la même. Elle a changé de religion : de catholique, elle est devenue musulmane, pour le salut de son âme après ce qu'elle décrivait comme « un terrible péché ». Sa quatrième tentative de suicide a été « complétée », comme disent les psychiatres, c'est-à-dire qu'elle a été la bonne.

Lola a voulu que Béatrice soit associée à notre combat.

Voilà, Lola, elle est là.

# Stéphanie

Stéphanie a avalé trop d'anxiolytiques. Elle était épuisée par un travail accaparant. Elle voulait que ses pensées arrêtent de tourner, entraver le tourbillon infernal sous son crâne. Elle cherchait l'apaisement, coûte que coûte.

Elle a éclaté de rire deux jours après quand je suis allée la retrouver aux Blouses blanches, le café qui jouxte l'hôpital Saint-Antoine ; je m'emberlificotais en essayant de la rassurer maladroitement, en lui expliquant que le suicide est la solution à court terme d'un problème au long cours. La puissance de Stéphanie est en partie dans son rire, qui arrive par surprise, même, et peut-être surtout, quand le moment appellerait un maintien plus compassé. Son visage est une météo des émotions, aussi changeante que le climat de Kyoto au printemps. La colère, le rire, la tristesse y passent, s'y emmêlent et se démêlent sans qu'on sache comment et sans qu'on puisse déterminer l'ordonnancement mystérieux qui les meut.

Stéphanie m'a appelée dans l'heure qui a suivi la publication de mon témoignage dans *Le Monde*, quelques mois avant la poignée d'anxiolytiques. « Je travaillais sur l'émission littéraire qu'il animait sur LCI. J'ai eu un problème avec lui. Je n'en ai jamais parlé à personne. » Je lui réponds que je ne veux rien savoir avant qu'elle l'ait raconté au Major. J'ai tout de suite su que c'était grave. C'est la première et la dernière fois qu'on s'est vouvoyées.

Le Major l'a reçue quelques jours plus tard. L'après-midi même, elle était dans ma cuisine. Je voulais lui offrir le sas que Lorraine m'avait offert la semaine précédente dans les mêmes circonstances. Je sais la violence d'un récit détaillé. Je sais combien on a besoin de douceur après.

Le temps s'est suspendu.

J'ai sorti une mauvaise pizza surgelée du congélateur. Je l'ai brûlée au four. On l'a mangée, ratatinée, salée, minable et joyeuse, comme nous l'étions.

Ma fille, qu'en mère responsable je me sens le devoir d'éduquer à une nourriture saine, est rentrée du collège. Elle s'est moquée du plat industriel que je critique chaque fois qu'elle s'en réchauffe un.

La nuit est tombée.

On a continué à parler. À ce jour, nous n'avons pas arrêté. Elle tient à ce que je rappelle une phrase que j'ai prononcée ce soir-là et qui est devenue un mantra qu'elle se répète chaque jour depuis : « Ce que tu fais est juste. »

Elle a été violée un an après moi. Il ne lui a pas fait le coup du plateau au grand complet. Elle a été reçue directement dans le bureau après le *20 heures*.

Je ne connais personne qui lise autant que Stéphanie. Elle cherchait un emploi qui lui permettrait de gagner sa vie avec sa passion. Travailler pour une émission littéraire lui semblait tout indiqué. Patrick Poivre d'Arvor avait fait savoir qu'il animait une quotidienne consacrée aux livres sur la chaîne LCI qui venait de naître.

Elle avait 24 ans et elle était sévèrement anorexique. Quand elle en parle, elle ajoute toujours qu'il ne faut pas croire que les anorexiques sont fragiles. Au contraire, pour s'interdire de manger, il faut être extrêmement forte et déterminée.

Elle lui a tendu son curriculum vitae. Ils ont parlé de l'anorexie de Solenn, la fille du présentateur qui était, à cette période, passée à un épisode boulimique. Il a répondu au téléphone. Elle était plantée là, alors elle s'est tournée vers la bibliothèque.

D'un seul coup, il est derrière elle. Elle ne l'entend pas s'approcher. Il la retourne. Sa langue dans la bouche pendant qu'il baisse son pantalon. Il appuie sur ses épaules, la pousse vers le bas. Il enfonce son sexe dans la bouche de Stéphanie. Il éjacule très vite.

Il n'a rien dit.

Elle pesait trente kilos. Elle était comme un moineau sans plumes.

« Avez-vous eu un comportement pouvant laisser penser à une sollicitation sexuelle ? » lui a demandé le Major. « J'étais là pour le travail. On n'avait rien évoqué de sexuel », a répondu Stéphanie.

Patrick Poivre d'Arvor se présentait comme un grand connaisseur des affres de l'anorexie. Violer la bouche d'une anorexique, lui faire avaler du sperme, c'est pire que tout. C'est là que ça bloque. Pouvait-il ignorer ce point précis de dégoût corporel qui est le socle de la pathologie de ces femmes ? Ou s'est-il comporté comme un Narcisse absolu qui cherche le reflet de son néant dans la souffrance d'autrui ?

Le tout a duré quelques minutes.

Après, elle ne sait plus. Elle se souvient juste d'être allée se laver la bouche dans les toilettes.

Quelques semaines après son témoignage, lui est revenue l'odeur de savon du pénis. « Avait-il prévu de faire ce qu'il a fait ? » se demande-t-elle avec stupéfaction.

« Une fois que c'est commencé, on ne peut plus dire "non". C'est déjà trop tard. C'est déjà fini. On est cuite. C'est allé tellement vite ! »

Il y a un étourdissement, qu'on l'appelle « sidération » ou « instinct de protection ». Un moment de votre vie qui vous échappe complètement. Vous savez déjà que vous ne saurez pas comment le penser plus tard mais, sur l'instant, la stupeur prend toute la place. Vous êtes juste terrifiée par ce qui vous arrive. Une expérience extrême de l'humiliation.

Savoir de soi qu'on est capable de cette soumission-là est une douleur persistante.

On fait au mieux pendant des années, une vie parfois. On rustine. On claquemure. On protège sa psyché comme on peut.

Avec l'histoire de Stéphanie, deux couches de papiers peints de contes de fées méritent d'être arrachées.

La première, c'est la légende de la morsure, selon laquelle il n'y a qu'à serrer les dents pour se défendre contre ce type de viol.

Les accusations de Nafissatou Dialo contre Dominique Strauss-Kahn au Sofitel de New York en 2011 n'ont pas suffi à casser le mythe. Il est encore vivace. On le retrouvera dans les commentaires de lecteurs sous les articles qui raconteront la fellation forcée de Stéphanie.

Pour les hommes qui lisent ce livre, je me suis beaucoup demandé comment leur faire ressentir ce qu'a vécu Chloé avec le doigt. Je n'ai pas trouvé de solution.

Les femmes ont immédiatement une sensation quand on évoque un doigt dans un vagin. Cette sensation n'est pas transposable. Ça n'est pas une question de talent ni de puissance d'évocation.

En revanche, un pénis dans la bouche, si vous êtes un homme, vous devriez pouvoir ressentir quelque chose. Techniquement, ça peut vous arriver. Même si vous êtes un hétérosexuel qui n'en a jamais fait l'expérience, vous devriez pouvoir vous faire une idée.

La légende de la morsure montre que l'empêchement est strictement culturel et pas naturel ni physique.

Les hommes qui croient à la légende de la morsure n'ont pas croisé de pédocriminels dans leur enfance, quand ils ne sont pas encore complètement formatés dans le genre qui l'emporte sur l'autre. Ils ont mis de côté une part de leur humanité.

On ne mord pas parce qu'on a bien trop peur pour ça, parce qu'un homme qui baisse son pantalon, vous agenouille et enfourne son sexe dans votre bouche alors que vous essayez de faire bonne impression pour un entretien d'embauche, c'est cruel. Et que la cruauté, la perversité, à cette hauteur-là ne sont pas envisageables par un cerveau humain sain. C'est anormal. C'est effroyable. Ça laisse sans voix et sans forces.

La série britannique *Sous influence*, adaptée par la scénariste Amanda Coe d'un roman de Louise Doughty, offre une démonstration éloquente de ce qui se passe à ce moment-là.

La scène se déroule dans la cuisine d'un couple qui reçoit un jeune avocat arrogant. La femme (Emily Watson) a été violée. L'avocat s'agace : « Pourquoi ne vous êtes-vous pas débattue ? Vous, les femmes, vous ne nous facilitez pas le travail ! » On voit en arrière-plan le mari bouillonner. Il saisit un grand couteau dont il pose le tranchant sur le cou de l'avocat, qui se fige. Le mari explique, couteau fermement maintenu sur la jugulaire :

« Vous pensez quoi, là ? Vous savez bien que je ne vais pas vous égorger. Pourquoi je ferais ça ? Mais votre amygdale cérébrale est une sirène hurlante qui vous crie de survivre. L'alerte domine le cortex cérébral. Ça emporte toute logique, toute raison. L'instinct sait les dommages que cette lame peut faire. Quand on est pris par surprise, on est programmé pour sauver sa peau. Et parfois, ça veut dire ne pas résister. » Durant toute cette longue tirade l'avocat n'esquisse pas un mouvement.

Dans la série, la victime est un homme et la menace n'est pas sexuelle. Si l'illustration est convaincante, c'est qu'elle ouvre une brèche dans la construction sociale bétonnée qui suppose les femmes passives, portées à la faiblesse, consentantes à leur propre écrasement. Or ce sont exactement les mêmes mécanismes qui se sont mis en action dans la tête de Stéphanie, de Chloé, de Florence, de Justine, de Marie-Laure, de Maïté, de Caroline, de Nathalie, de Margot, de Mathilde et dans la mienne – je ne cite que celles que je connais.

La légende se retourne comme un gant qui cache ses coutures. Ce qui devrait immédiatement venir à l'esprit, ça n'est pas de se demander si Stéphanie s'est assez défendue. La question est tordue et indécente. La question suppose de vivre dans un monde où un pénis qui va et vient dans votre bouche (ou ailleurs) quand vous cherchez du travail est une éventualité que les femmes devraient avoir en tête. Je n'ai pas grandi dans ce monde-là. Stéphanie non plus. Aucune d'entre nous.

Ça n'est pas un monde où il fait bon vivre.

La première chose, la seule, que doit provoquer ce récit, c'est de la compassion pour Stéphanie. Et la condamnation de celui qui est capable de jouir sans remords, d'humilier son semblable de la sorte.

La suite de l'histoire, c'est la seconde couche de papier peint de contes de fées bien adhérente, très difficile à décoller.

Stéphanie n'a pas couru au commissariat pour faire prélever l'ADN du sperme dans sa gorge, comme l'aurait fait la victime idéale de la légende du « bon » viol. Aucune d'entre nous n'y a pensé ; ça n'est jamais arrivé en trente ans.

Elle n'a pas pris ses cliques et ses claques.

Elle a accepté le poste.

Combien de fois a-t-elle planté ses yeux dans les miens en demandant, à elle-même plutôt qu'à moi : « Pourquoi, après ça, j'ai accepté de travailler avec lui ? »

L'agresseur a alors une défense toute trouvée : « Vous voyez, elle est revenue, c'est bien la preuve qu'elle était consentante. »

Stéphanie avait été agressée enfant par un ami de la famille, professeur respecté qui a joué un rôle de mentor après avoir abusé d'elle. A-t-elle repris un chemin déjà connu ? Élève modèle de l'enseignant agresseur, est-elle devenue l'employée modèle du patron violeur ?

Stéphanie a fait, pour l'émission *Place au livre*, à peu près le même travail que moi au *20 heures*. Elle lisait les livres, écrivait le texte et les questions du présentateur. Elle préparait les entretiens chez elle et ne venait sur le plateau que pour les enregistrements. Dix auteurs défilaient, une fois par semaine. Aucun ne savait que Stéphanie avait écrit les mots élogieux de la vedette qui n'avait pas lu leurs ouvrages. Elle évitait le bureau.

Nous avons toutes été agressées par le même homme et toujours de la même façon. Il piège, puis il attaque. Vite. Par surprise. Silencieusement. Il impose. Son sexe et son bon plaisir. Son pouvoir. Son hostilité et son mépris. C'est fruste, brut et bref.

Le ravage du viol est toujours le même. Il dévaste. Regarder cette réalité en face, la reconnaître, est très difficile. Nous avons toutes navigué sur le grand fleuve du déni, mais nous y sommes arrivées par des affluents différents.

Nous n'étions pas les mêmes. Nos stratégies pour continuer nos vies n'ont pas été les mêmes. Elles ont toutes été coûteuses.

J'ai fait comme si de rien n'était, comme si rien ne s'était passé, comme si la dévastation pouvait être enfermée dans un sarcophage bien scellé. De mon chagrin, j'ai fait un ballot tassé fermement pour qu'il soit le plus petit possible. Je l'ai mis dans un cercueil de pierre à ne plus ouvrir, colmaté comme je pouvais pour que rien ne suinte, planqué dans la broussaille des pensées à effacer.

Il m'a fallu des années pour encapsuler le viol, l'isoler. Je ne voulais pas le voir, pas le savoir. Garder mon rire, mes ambitions et la joie d'aimer. Un test dont j'ai attendu le résultat en tremblant m'a indiqué que je n'avais pas le sida. Je n'allais pas mourir. Lestée mais vivante.

J'ai craint, haï et fui.

Il y a plusieurs lignes de fuite. D'autres n'ont pas pris la voie que j'ai empruntée.

Pour que la violence n'en soit pas une, elles ont tenté d'aller récupérer leur humanité perdue. Quand on perd quelque chose, on va le chercher là où on se souvient de l'avoir eu sous les yeux pour la dernière fois. Pour ne pas avoir été réduites, ne pas avoir été cette chose utilisée, consommée, salie, certaines ont essayé de transformer l'histoire, d'en rester le sujet et la maîtresse.

Pour ça, elles se sont dit qu'elles devaient se tromper de récit, qu'elles avaient certainement mal compris ce qui leur était arrivé. Ce qu'elles savaient sans vouloir le savoir, le viol, était une méprise. Elles ont tenté, avec des mots, de se cacher à elles-mêmes l'âpreté du réel. Elles ont inventé l'affection qui manquait. Une façon de contrecarrer l'agresseur. Il ne pouvait pas avoir eu l'intention de les écraser, de tuer leur dignité. C'est inenvisageable.

Elles ont voulu déjouer leur anéantissement.

Ça marche rarement vraiment et rarement toute une vie. Mais ça se comprend.

Rien ne marche, de toute façon. Aucun récit réconfortant ne tient la route. Nous ne serons plus comme avant. Il n'y a pas de traitement qui ferait de nous des femmes épargnées ou même restaurées.

L'anorexie de Stéphanie s'est aggravée. Elle s'est mariée vite, a divorcé aussi rapidement.

Et elle a décidé de se sauver la vie.

C'est Patrick Poivre d'Arvor qui l'a orientée vers le service de Sainte-Anne où sa propre fille avait été hospitalisée.

Elle y restera six mois.

Chaque jour est un défi. Elle doit manger. Elle doit grossir selon un barème fixé toutes les semaines. Elle se plie aux règles, compte les kilos, se remplume.

Elle est sûre qu'il a de l'affection pour elle. Elle en a pour lui. Il lui envoie son dernier livre avec un bref mot de soutien. Ça la touche.

À vingt kilos de gagnés, elle sort.

Elle revient travailler. Elle ne se méfie pas. Trois ans et tant de choses se sont passées depuis le viol de la première heure.

Il la viole de nouveau.

Toujours le bureau après le *20 heures*. Il trouve qu'elle est belle, qu'elle a repris des fesses, que ça lui va bien. Sitôt ces mots prononcés, il la coince contre la bibliothèque basse sous le grand portrait de sa fille, qui s'est suicidée depuis la première agression. Elle se souvient qu'elle portait une jupe. Il baisse sa culotte, défait son pantalon, sort son pénis, la pénètre et jouit tout de suite. Elle a eu mal.

Elle a l'impression qu'il s'est fait payer, qu'il a réclamé son dû pour l'aide qu'il lui avait apportée.

Patrick Poivre d'Arvor a dit au Major qu'il ne se souvenait pas « dans le détail » des rapports sexuels avec Stéphanie. « Il me semble m'être toujours bien comporté avec elle, en toute circonstance », a-t-il ajouté.

Elle n'a jamais coupé les ponts. Je ne sais pas si elle se sent toujours redevable. Ils ont échangé des lettres jusqu'à ce qu'elle raconte au Major ce qui lui était arrivé. C'était la première fois de sa vie qu'elle en parlait. La deuxième, ce sera dans ma cuisine l'après-midi qui a suivi. La troisième fois, son histoire se mêlera à celle des autres.

Bientôt, nous serons toutes ensemble.

## « Tes larmes coulaient sur mes joues »

Nous étions sept au premier dîner, toutes journalistes ou l'ayant été. C'était aux beaux jours.

Plus tard, à l'automne, on se retrouvera pour un buffet froid : trop nombreuses, on ne tiendra plus autour de la table.

On s'est quittées au petit matin, émues et épuisées. On aurait voulu que la nuit dure encore. Que la chaleur des mots échangés continue à nous réchauffer. Dans les mois de combat qui suivront, quand la hargne ou l'indifférence me blesseront, quand je manquerai de perdre le sens de l'histoire, quand la facture qu'on nous adressera pour nous faire payer la rupture du silence sera trop lourde, la pensée de ce dîner restera un îlot préservé de tendresse où j'irai me réfugier. La soirée portait la promesse de nouvelles aubes. L'optimisme est une illusion, un piège et un essor. Tout à la fois.

Dans quelles circonstances de l'existence se trouve-t-on aussi proche de gens qui, quelques instants plus tôt, étaient de parfaits inconnus ?

Comprendre à quel point les gestes, les regards et les mots de notre agresseur étaient les mêmes nous donnait l'impression d'être les personnages d'un film. Mais le plus habile des scénaristes peinerait à inventer un dispositif aussi efficace : des jeunes femmes exposées au même danger, qui s'en sortent plus ou moins bien, le taisent et se découvrent des années plus tard. Cinq ou trente ans après, le secret est levé. La vie est passée. Elles ont vieilli et mûri.

Ce dont nous avons parlé, c'était au-delà de l'intimité. C'était l'essence de nos êtres. Il n'y avait plus de voile, plus de pudeur, plus de décence imposée. On pouvait rire et pleurer de nous, de nos plus profondes déchirures. Comme dit Ovide, « Tes larmes coulaient sur mes joues » (*Tristes Pontiques*).

Restait une commune volonté de remettre le monde à l'endroit. La force des unes pour contrer la peur des autres, à tour de rôle.

Dans les temps à venir, on va toutes craquer, se rouler en boule au fond du lit, se dire qu'on était naïves, que le système qui assure si bien l'impunité des violeurs est trop vivace, fertilisé par un terreau de lâchetés trop profond, que la conjuration des dominants est inaltérable.

On va s'engueuler, prendre le large, se réconcilier. On se fera la courte échelle pour surmonter les murs de découragement. Les valides porteront les blessées. On s'éparpillera, mais on fera bloc dès que l'une d'entre nous s'affaiblira.

La confiance est née de l'épreuve partagée mais pas seulement. Nous avons aussi toutes voulu soutenir Florence, la première à être montée au front. Nous avons toutes parlé au Major. Nous avons toutes cru que l'époque rendait caduque notre condamnation au silence et possible celle de notre agresseur. Ça n'est pas ce qui s'est passé. La beauté de l'élan n'en est pas moins grande.

Pouvoir raconter sans craindre que notre parole soit mise en doute mais que, au contraire, chaque récit renforce la crédibilité des autres, nous ne savions pas ce que c'était. Ni même que c'était possible. L'air autour de nous avait une limpidité inédite. Nous n'étions plus renvoyées dans les filets de la culpabilité. Avant ce dîner, un regard qui fuit, un froncement de sourcils, un laps d'inattention pouvait nous clouer le bec.

Pour la première fois, nous étions en sécurité.

Nous étions graves, braves et attentives.

Aucune n'oubliera l'intensité de cette rencontre.

Aucune n'a oublié le plan de table.

En interrogeant les unes et les autres pour écrire ce moment, je me suis rendu compte que chacune avait son film intérieur : la même scène, les mêmes dialogues, les mêmes sensations, mais vus sous un angle légèrement différent. Cette soirée si spéciale, on l'a toutes en tête. J'étais entre Justine et Nora. C'est Nora qui a commencé.

Un concours de bibliothécaires l'avait éloignée du Pays basque et nous valait sa présence à Paris. Nora est une résistante. Elle se bat pour sa langue. Le basque s'entend dans l'accent de son français. Elle ne dit pas « Pays basque français » ou « espagnol », mais « Pays basque nord » ou « sud ». En 2003, *Euskaldunon Egunkaria*, littéralement « Le journal des bascophones », avait été fermé sur ordre d'un juge espagnol. La Guardia Civil n'y était pas allée de main morte : pillage, saccage des locaux, gel des capitaux et arrestation des rédacteurs en chef. Ils seront acquittés sept ans plus tard, la justice espagnole reconnaîtra qu'ils ne faisaient pas de propagande terroriste. En attendant, la brutalité de l'opération avait épouvanté les journalistes de la rédaction, dont Nora faisait partie, et des intellectuels comme Salman Rushdie, qui l'avait trouvée « effroyable ». En France, l'information avait à peine été relayée. Nora cherchait à sensibiliser la grande presse à sa cause.

C'est comme ça qu'elle s'est retrouvée dans un colloque en Martinique sur le thème « Informer au-delà des clichés ». Le sujet lui semblait pertinent. Et le prix du séjour accessible. Un matin, dans le grand amphithéâtre, face à Patrick Poivre d'Arvor, elle a plaidé contre l'image réductrice et fausse des Basques qu'on imaginait une bombe dans une main, du piment d'Espelette dans l'autre, pendant que leurs journaux étaient fermés arbitrairement, dans l'indifférence générale. La vedette lui a fait une réponse à côté de la plaque sur son amitié avec des nationalistes bretons.

Le soir, avant le gala de clôture, il frappe à sa porte. Elle ne lui a pas donné son numéro de chambre. Elle sort de la douche. Elle ne l'invite pas à entrer mais il profite de son étonnement pour se placer entre le lit et la salle de bains. Elle se réfugie dans l'encoignure de la porte des toilettes.

Les lieux sont étriqués. Elle a pensé qu'il n'était pas tellement plus grand qu'elle, qu'elle pourrait s'échapper, courir. Il faut dire que, physiquement, Nora est un croisement majestueux entre Sigourney Weaver et Ava Gardner. Elle a eu peur. Et ressenti de la colère aussi. Ce qu'il n'avait pas prévu, c'est que les chambres étaient partagées. L'apparition de l'autre femme l'a distrait. Nora a filé à la réception, indignée qu'on ait donné son numéro de chambre sans la prévenir.

Elle s'en est voulu de sa naïveté, d'avoir cru qu'elle pouvait l'intéresser à sa cause. Elle s'est sentie vaine et impuissante, comme « la poulette basquaise d'un samedi soir martiniquais ».

Le lendemain matin, il plastronnait avec une autre jeune journaliste.

« Lui seul compte. Nous sommes des objets avec lesquels il joue. Il ne serait pas capable de voir que la fille n'est pas consentante ? Bien sûr que si. C'est juste qu'il s'en moque, car il a toute l'impunité du monde de son côté. Il est toujours en train de prouver sa toute-puissance, sa virilité », a-t-elle expliqué au Major.

Patrick Poivre d'Arvor ne sait plus qui est Nora et il juge « invraisemblable qu'il se soit introduit dans sa chambre ».

Un coup du plateau pour Justine. Elle avait 19 ans. Quand elle a parlé au téléphone au Major pour la première fois, elle lui a dit : « J'ai été violée mais je n'ai pas crié. » Elle ne veut pas qu'on en sache plus sur ce qui lui est arrivé. Mais moi je veux qu'on sache combien elle est importante dans l'aventure que nous allons vivre ensemble et qui, ce soir-là, en était à ces prémices. Justine me rassure comme ma langue maternelle. Elle a l'éloquence et l'humour féroce de ces femmes de la grande bourgeoisie qui peuplent la conversation de leur art de l'autodérision. Je reconnais entre mille cette façon de dire poliment qu'on n'est pas d'accord en commençant par « vous avez raison ». L'éclat de l'intelligence sous les ors des bijoux qu'elle affiche en abondance et les dehors policés d'une courtoisie extrême. Justine sait cacher les blessures.

Vous connaissez déjà Stéphanie et Chloé.

Clémence est la plus jeune à ce dîner. Elle sortait tout juste de son école de journalisme. C'était sa toute première interview pour une revue branchée aujourd'hui disparue, *Charles*.

Un sujet sur les rapports du présentateur avec les présidents de la Vᵉ République lui a été commandé.

Il adore. La mise en scène de ses relations avec les hommes incarnant le pouvoir suprême est une des bases de son récit de lui-même. On recommande à Clémence d'éviter les jupes et les décolletés pour l'entretien. Il la harcèle au téléphone après. D'abord, elle ne comprend pas vraiment où il veut en venir. Il a exactement l'âge de son père. Quand la stupéfiante intention derrière la rafale d'appels se dessine, elle lui raccroche au nez. Elle rend son papier et apprend, un peu plus tard, qu'il s'est plaint à sa hiérarchie. Il a appelé ses chefs pour leur dire qu'elle était une mauvaise journaliste.

L'affaire n'est pas prescrite mais les deux rédacteurs en chef se renvoient la balle. Ils ne confirment ni n'infirment. C'est pas moi, c'est l'autre, ont-ils dit aux enquêteurs qui les ont interrogés.

Clémence a raconté cette histoire dans la presse et sur les réseaux sociaux dès l'annonce de la plainte de Florence Porcel, ce qui a permis à plusieurs femmes de prendre contact avec elle. Elle a tout de suite compris l'importance d'être ensemble.

Patrick Poivre d'Arvor concédera avoir été séduit et avoir lancé des avances. Il dément avoir insisté et cherché à nuire.

Candice se sent illégitime parmi nous. Pas assez grave, dit-elle.

Il l'entreprend un soir. Elle vient d'arriver à TF1. Il veut lui faire travailler sa voix en tête à tête. Une figure de la rédaction qui a été sa prof à l'école de journalisme semble s'affoler. Elle lui fait signe de refuser. Candice a détalé. Cavalcade sur talons hauts jusqu'au parking, dans l'angoisse qu'il la suive. Après, comme beaucoup, elle calculait avec soin ses itinéraires pour ne pas le croiser.

Plus tard, Candice a travaillé avec moi à LCI. C'est la seule que je connaissais déjà dans l'assemblée. Nous nous étions perdues de vue depuis plusieurs années, mais nous avions été collègues et amies. Nous ne nous étions jamais parlé de la vedette.

Je ne voudrais pas faire un tableau trop idyllique de mes sentiments à ce dîner et lors des rencontres suivantes avec d'autres femmes. Il en est un, pas très noble, qui m'a tracassée : la jalousie.

J'ai envié celles qui s'en étaient sorties sans être violées. Les harcelées et les agressées me renvoyaient à ma défaite. Si elles avaient réussi à passer à côté du pire, alors pourquoi pas moi ? Qu'est-ce que j'avais de trop faible ? J'aurais pu, j'aurais dû, résister mieux, me défendre plus, être plus forte ou plus maligne.

Ces questions m'avaient habitée pendant des années après le viol. Je les avais gardées pour moi seule. « Le verbe est ton esclave dans ta tête, ton maître dans ta bouche », dit le proverbe persan.

Je croyais avoir domestiqué la ronde féroce des questions taraudantes.

Je me pensais sortie de la honte, apte à affronter l'extérieur.

Le trouble honteux est tenace. On ne s'en défait pas vraiment, pas totalement.

On est abstinent de la honte comme on l'est de l'alcool ou de la cigarette.

Quand on arrête le tabac, on ne devient pas un non-fumeur mais un fumeur qui a arrêté. La menace de la rechute est perpétuelle. Il reste toujours des lambeaux de honte bien accrochés qui ne demandent qu'à grossir, à envahir votre espace mental et à pourrir vos relations sociales. Comme les neurones assoiffés de nicotine qui se réveillent au premier faux pas, à la première taffe inhalée. La prise de parole publique déclenche une puissante mixture qui vient alimenter vos craintes de rechute. On vous tente continuellement. On vous propose sans cesse des cigarettes en vous expliquant que le cancer du poumon est votre destin.

« Vous inventez », « vous étiez semi-consentante » ou « pas une oie blanche » ou « star-fuckeuse » ou « écervelée », ou « vous cherchez la lumière » ou « vous êtes beaucoup dans la séduction » ou « greluche », ou « c'est de la vie privée » ou « ça ne nous regarde pas » ou « passe à autre chose » ou « c'est de la vieille histoire », ou « zone grise » ou « présomption d'innocence », ou même « je m'en suis sortie. Je suis partie sans demander mon reste ». J'ai été exposée à tous ces carburants de la honte. Les tenir à distance est un sport de combat et un effort de tous les instants. La récidive toujours en embuscade.

Nous, les violées, formons un sous-groupe, le petit peuple de la honte. On voudrait bien qu'elle change de camp. Ça n'est pas ce que j'ai vu. Je n'ai jamais croisé de violeur honteux. Et trop peu d'hommes qui criaient publiquement qu'ils avaient honte de ce que d'autres hommes faisaient.

Chez nous, les honteux abstinents, c'est dangereux de parler, plus dur de s'exposer.

## Les plaintes

Au fil des jours, d'autres nous rejoignent. Pour chacune, la sortie de la solitude est un soulagement émerveillé.

Aude viendra avec sa rigueur, sa précision et sa douceur de psycho-énergéticienne. Elle monte au front quand l'une de nous craque, nous envoie des points de médecine traditionnelle chinoise pour calmer les angoisses et rassemble le troupeau quand un de ses membres s'égare.

Au début des années 2000, elle sortait son premier livre. La vedette l'invite à assister à un *20 heures*. Sa maison d'édition la pousse à accepter dans l'espoir de décrocher un entretien croisé pour *Paris Match* qui aiderait à la promotion de l'ouvrage. Un coup du plateau. Elle a crié « Ça va pas, non ! » quand il a mis sa main dans son soutien-gorge et sa langue dans sa bouche. Il n'y a jamais eu d'entretien dans *Paris Match*.

Elle a raconté à tout son entourage ce qui lui était arrivé. Ça a fait rire. Les rires l'ont blessée.

On lui a dit que le rituel du plateau était connu dans tout Paris.

Au sentiment que sa colère et son indignation n'étaient pas légitimes s'est ajoutée une forme pernicieuse d'humiliation sociale : si tout Paris savait ce qu'elle ignorait, c'est qu'elle n'en était pas.

Elle a renoncé à l'envie de se faire une place dans le milieu de l'édition, qui semblait considérer sa personne avec tant de dédain.

Patrick Poivre d'Arvor ne se souvient pas d'Aude. Elle se souvient très bien de lui. « Je veux qu'il sache qui je suis », dira-t-elle quand elle sortira de l'anonymat.

Emma puise dans son intarissable énergie et sa solide culture catholique la force de parler dans les médias quand personne ne veut y aller. À la récurrente question du Major : « Souhaitez-vous porter plainte ? », elle a répondu : « Oui » sans hésiter. Aude aussi.

C'est moins évident pour la plupart d'entre nous.

Chacune dans son coin, on jugeait qu'on avait fait l'essentiel : porter à la connaissance de la justice ce qui nous était arrivé. On avait fait notre devoir de citoyenne.

Nous savions l'auteur des faits couvert par la prescription.

Pourquoi porter plainte ?

Stéphanie déroule, nette et précise : « Le Major dit que c'est un viol. Le viol est un crime. Quand on est victime d'un crime, on porte plainte. Point. »

Pour Cécile et Chloé, la plainte est née de la peur qu'on ne les croie pas. Elles ont voulu aller jusqu'au bout du processus. Dire haut et fort que ça n'était pas normal, que la situation dans laquelle elles s'étaient trouvées était répréhensible, punissable.

Moi, je l'ai fait pour toutes ces raisons-là. Et aussi parce que les plaignants ont accès à l'enquête. Le Major m'avait refusé une copie de ma propre audition ; grâce à cette plainte, j'aurai le dossier complet.

## « #quellebonnejournée ! »

Nos plaintes ne pèseront rien. Nos espoirs de justice seront douchés, l'optimisme du dîner enterré.

Le Major changeait d'affectation au début de l'été. Il voulait boucler son enquête avant de prendre son nouveau poste. La justice est une vertu mais aussi, comme la police, une institution et un employeur. On sous-estime l'importance de la gestion des carrières et des ressources humaines dans les décisions rendues.

Le Major n'avait eu qu'à répondre au téléphone dès l'annonce publique de la première plainte. Une vingtaine de femmes avaient appelé. En trois mois, le profil du violeur en série s'était dessiné nettement.

Avant de quitter son poste, il a rangé son bureau et ses dossiers. Il a rendu sa copie au procureur de Nanterre en résumant, sans ambiguïté, nos témoignages : « Prédateur sexuel abusant de sa notoriété, usant d'un mode opératoire similaire dans l'approche de ses victimes et dans la brutalité de ses actes, commis sans la moindre tentative de séduction, ni la moindre considération envers les femmes qui osaient refuser ses avances. »

Difficile d'être plus clair.

Le Major recevra les félicitations de sa hiérarchie et nous confiera avoir « beaucoup appris sur les femmes » avec nos auditions. La formule reste opaque. Je n'ai pas bien compris ce qu'il voulait dire.

Le procureur a annoncé le classement sans suite, le 25 juin 2021.

Des faits prescrits pour vingt-et-une d'entre nous, « insuffisamment caractérisés » pour Clémence et Florence.

Nos récits ont compté pour du beurre. Ils ont fini à la poubelle.

Elle a bon dos, la prescription. Elle interdit les poursuites, pas les témoignages. Elle n'oblige pas la justice à se boucher les oreilles. Rien, dans la loi, ne dit que des faits concordants, répétés, même anciens, n'éclairent pas sur les habitudes criminelles de leur auteur. Il ne s'agissait même pas de l'envoyer au tribunal, seulement d'ouvrir une instruction, de continuer à enquêter. Chercher d'autres victimes, éventuellement non prescrites, n'a pas été l'option retenue. Ça n'a pas été jugé utile.

Sur les violences sexuelles, la justice, telle qu'elle est pratiquée en France en ce début de XXIe siècle, est-elle une couche de papier peint de contes de fées ?

La célébrité du violeur, son exposition quotidienne, son image de gendre idéal, sa richesse, sa gloire, son métier d'informer, la durée de la prédation, le nombre et la concordance des témoignages rendaient l'affaire saillante.

Le classement sans suite a démontré la banalité de l'impunité.

On connaît les statistiques affligeantes répétées en boucle. Les chiffres ne font pas pleurer.

Dès qu'il s'agit de crimes sexuels, la justice semble empêchée. Elle ne répare pas. Ou si peu et si rarement. Elle ne protège pas et, surtout, elle ne dissuade pas. Ou plutôt si. À l'envers. Elle dissuade surtout les victimes de porter plainte.

La contrepartie, c'est que les hommes qui violent ne le font pas dans l'angoisse de se faire prendre, dans la crainte du gendarme qui pourrait venir leur demander des comptes sur leur conduite. Ils violent parce qu'ils le peuvent. Tranquillement, gratuitement. Ils savent bien qu'ils ne recevront jamais l'addition.

Tout le monde est contre le viol. On est contre le viol comme on est contre le meurtre et la barbarie. En général. Pourtant, dès qu'un cas concret se présente, le viol s'évanouit. Il se dissipe dans l'intériorisation de la souffrance des victimes, dans le charisme des séducteurs, dans l'océan des classements sans suite, dans les pincements de nez et l'indifférence générale.

Pour parler des racines du silence imposé aux victimes, dans *Les Femmes et le Pouvoir*, l'historienne Mary

Beard évoque Philomèle, un personnage d'Ovide. Son beau-frère la viole et lui coupe la langue afin qu'elle ne parle pas (et qu'elle arrête de se plaindre). « La douleur est ingénieuse, et l'habileté naît du malheur », prévient l'auteur. Philomèle trouve comment dénoncer son violeur. Elle va tisser son portrait avec des fils pourpres en fabriquant une couverture de lin.

Nos témoignages tissaient le portrait du violeur. Le procureur a séparé chacun de nos récits, comme s'il ne voyait que les fils de l'étoffe, un par un, plutôt que le motif général. Sa lecture du dossier était cousue de ces fils blancs. Il n'a pas vu, ou pas pris en considération, la couverture, l'ensemble du tableau, la façon de surprendre, de contraindre et de s'imposer, toujours semblable, que nous décrivions. La justice n'a pas voulu voir la série ou n'a pas jugé ça assez probant ou assez grave.

La suite, moins connue, de l'histoire de Philomèle est une leçon cruelle sur l'absence d'institution judiciaire et le délire de vengeance qui en découle. Elle raconte la sauvagerie des conséquences du viol quand la société détourne les yeux et stigmatise les victimes.

La sœur de Philomèle, Procné, la femme du violeur, tue leur propre enfant pour se venger du père. « Comme l'enfant tendait les mains et, pressentant son destin fatal, criait "maman ! maman !", cherchant à s'accrocher à son cou, Procné le frappa d'un coup d'épée à l'endroit du cœur, sans détourner le visage. » Philomèle et sa sœur infanticide servent les jambes et les bras de l'enfant à dîner au père violeur. Elles le regardent manger avant de lui révéler la provenance de la viande.

À la fin, tout le monde est coupable d'atrocité.

Et les protagonistes sont transformés en oiseaux puisque nous sommes dans *Les Métamorphoses*. Philomèle devient un rossignol à la langue bien pendue et Procné une hirondelle qui vit dans les maisons.

Je ne connais pas le procureur de Nanterre. Je n'ai aucune raison de douter de sa compétence et de son professionnalisme. Il a fait avec sa formation, ses moyens et sa culture. En toute bonne foi, je n'en doute pas.

L'institution judiciaire a donné une arme redoutable à notre agresseur pour nous humilier encore. Il va se proclamer blanchi, accusé injustement. Qui sait qu'un classement sans suite n'est pas un acquittement ? La confusion profite à l'accusé. Il en fait un brevet d'innocence. Pour une partie de l'opinion publique, nous nous sommes transformées, d'un coup de baguette magique, en embarrassantes menteuses.

Les contes ont leurs méchantes fées.

Le jour même de l'annonce du classement sans suite, Marie-Hélène, la fidèle secrétaire, celle du coup du plateau, a posté un selfie d'elle et de celui qui est toujours son patron, Patrick Poivre d'Arvor. Sur Instagram, on les voit blottis l'un contre l'autre. Ils sourient au soleil dans un paysage lumineux de bord de Méditerranée.

En légende de la photo : « #quellebonnejournée ! »

## Nous sommes les prescrites, les classées, les sans-suite

Patrick Poivre d'Arvor et ses proches triomphent.

De notre côté, on s'en doute, l'ambiance est morose, la morsure de la désillusion lancinante. Le moral flanche. L'anxiété monte.

D'une signature, le procureur nous a classées dans le néant. Nous avons l'impression que ça dit au monde que nos malheurs n'ont pas existé. Nous sommes à peine sorties de la gangue du silence qu'on nous y renvoie. La réalité devient douteuse. C'est Justine qui a le mieux résumé ce sentiment : « C'était tellement fugace », dit-elle. Les dénégations de la vedette et le classement sans suite ont rendu notre expérience vécue presque irréelle.

Pour renvoyer les victimes dans les ronces, le « parole contre parole » est une habituelle justification de l'impuissance à juger. C'est vite oublier ce qu'accuser coûte à la victime et ce que le mensonge rapporte à l'accusé.

Ici, c'étaient vingt-trois paroles contre une. Ça ne suffisait pas.

On a décidé d'écrire une tribune. On la voulait courte et incisive. On la voulait dans *Le Monde*. Ça a été facile de la rédiger. On s'est assez vite mises d'accord sur le texte, rodant une mécanique qui nous resservira : on s'écoute ; j'écris ; on corrige toutes ensemble.

Le journal avait trois problèmes pour la publier.

Le premier, c'est que les critiques d'une décision de justice sont malvenues.

On était très mesurées dans nos propos. Ça pouvait passer.

Le deuxième tournait autour des risques d'une attaque en diffamation.

Comme journaliste, j'ai raconté pendant plus de vingt ans tous les scandales de la Vᵉ République sans jamais voir poindre l'ombre du nez d'un avocat.

Depuis que je parle publiquement de ma propre vie, de mon intimité, tout ce que j'écris est relu et amendé par des spécialistes aguerris du droit, y compris ce livre.

Les avocats sont entrés dans ma vie quand j'ai commencé à la raconter moi-même. Et à dire la part que la violence masculine s'est permis d'y prendre.

Cette violence et la dissimulation qui l'autorise bénéficient d'une protection étonnante et réelle. L'intime est politique, son expression est politiquement encadrée par des textes et des pratiques qui ne bénéficient qu'au dominant agresseur.

Le délit de diffamation est une arme puissante.

En obtenant la condamnation de l'expression de la victime, il consacre l'inversion.

L'inversion de la culpabilité suppose la mise en scène de la souffrance du dominant. Il a le droit de mobiliser l'État et sa justice pour valider le préjudice qui lui est fait. C'est la reconnaissance sociale, l'adoubement collectif, la certification par le système judiciaire de son propre statut de victime. L'inversion est ainsi labellisée par l'institution.

La diffamation, c'est quand on dit des choses qu'on ne peut pas prouver. Je ne peux pas prouver que Patrick Poivre d'Arvor m'a violée. Je ne le pourrai jamais. Les faits sont prescrits. Ils ne seront jamais jugés. Je n'aurai jamais une décision définitive de la justice de mon pays qui dira qu'un jury populaire me croit et condamne Patrick Poivre d'Arvor.

La menace de la diffamation pèse sur chacun de mes mots.

Pendant que j'écrivais ce livre, Solveig Halloin a été condamnée.

Peu après le classement sans suite de sa plainte pour viol contre le comédien Philippe Caubère, elle a publié un texte de supplication sur sa page Facebook.

Elle décrit le comédien comme un « sérial violeur ».

Elle s'adresse aux autres femmes qui auraient pu connaître la même situation qu'elle en s'inspirant de la poétesse américaine Audre Lorde : « Notre silence ne nous a pas protégées, ne nous protège pas, ne nous protégera pas. »

« Ne me laissez pas seule, ajoute-elle. Si nous parlons toutes, nous le ferons cesser, à coup sûr. Nous le devons à nos dignités. Ne me laissez pas seule. »

L'angoisse et la solitude émergent dans la répétition affolée.

Il avait reconnu « la matérialité des faits mais pas leur intentionnalité ». C'est aussi ce que j'ai reçu comme message du procureur de Nanterre pour m'expliquer le classement sans suite. En langage compréhensible, ça veut dire que le violeur reconnaît vous avoir baisée mais prétend que vous étiez tout à fait partante. Solveig Halloin n'avait pas la preuve qu'elle ne l'était pas.

Philippe Caubère l'a attaquée pour diffamation sur sa page Facebook, pas pour ses déclarations dans la presse ; ça la privait de la protection juridique des titres qui la citaient. Il était certain qu'elle n'aurait pas les moyens de s'offrir, comme lui, une défense renommée. Le budget de la jeune femme n'y aurait pas survécu. La pénalité financière commence à terroriser la victime avant même qu'il y ait besoin d'une condamnation. La domination peut toujours compter sur l'argent.

Elle n'est pas allée chercher la lettre recommandée qui la convoquait au tribunal. De toute façon, depuis le classement sans suite, elle n'ouvrait plus son courrier.

Elle a appris trois jours avant l'audience qu'elle était attaquée. Elle ne s'est pas défendue. Elle n'est pas venue au procès.

Elle a été condamnée. Les juges ont estimé qu'elle n'apportait pas de preuve de son absence de consentement.

Elle doit payer une amende, le préjudice moral subi par Philippe Caubère et même le remboursement des frais d'avocat de celui qui l'a attaquée. Elle n'a même pas de quoi payer les siens.

3 500 euros au total.

Depuis la condamnation, elle attend les huissiers.

Sur son site Internet personnel, l'acteur affiche une plaidoirie de sa propre avocate. L'affichage a un triple avantage : piétiner le malheur de celle qui l'a accusé, mettre en garde toute femme qui envisagerait de se plaindre, et satisfaire un plaisir narcissique, que la journaliste Janet Malcolm décrit dans toute sa saveur : « Il n'est pas de lecture plus délectable que de parcourir un document juridique en votre faveur. »

L'avocate se réjouit en une du site de son client d'une condamnation qui valide sa conception de la présomption d'innocence : l'interdiction de parler d'une plainte visant « un homme public ou une célébrité », « quelles qu'en soient les circonstances ou le mobile ».

Censurer les femmes qui ont été agressées sexuellement par des puissants est effectivement une façon radicale de tenir au plus haut le noble concept de présomption d'innocence et de fortifier le béton de l'impunité. Il faudrait donc, selon cette avocate, interdire légalement aux victimes de s'exprimer afin de protéger la société, comme c'est le cas en France pour les auteurs des dérives idéologiques les plus meurtrières, pour ceux qui incitent à la haine raciste ou antisémite. Bien qu'on n'ait jamais vu, dans toute l'histoire connue de l'humanité, d'extermination massive d'hommes par des femmes, la méthode a ses militants.

De l'autre côté, l'agresseur peut, sans limites, nous traiter de menteuses et de folles. Nous n'avons aucun recours. Il n'y a jamais eu, en France, aucun jugement qui accorde à une victime de viol le droit de ne pas se faire insulter publiquement par celui qu'elle dénonce.

La présomption d'innocence des agresseurs n'est tempérée par aucun crédit de véracité pour les victimes.

#MeToo est un combat contre un monde masculiniste archaïque et solide. C'en est aussi le révélateur – comme quand je développais les photos argentiques avec mon père et que le papier baignait dans le liquide qui réduisait les sels d'argent pour que l'image apparaisse dans tous ses contrastes.

L'avocat du *Monde* qui a relu notre tribune ne pouvait pas garantir que le texte ne tomberait pas sous le coup de la diffamation, mais il pouvait, préventivement, limiter les dégâts. Il a demandé qu'on enlève le nom de celui que nous accusions et une phrase, jugée problématique, qui dénonçait le cynisme qu'il y a à « compter sur sa prostate pour qu'il arrête de nuire ».

On a coupé la prostate. L'anecdote nous amuse encore.

Je savais que les obstacles à la publication de notre tribune seraient levés pour une raison plus réconfortante que juridique. Je pouvais compter sur les trois journalistes présents dans ma cuisine au début du livre, sur Lorraine au premier chef.

J'avais sauté du haut de la falaise de Macronissi. J'avais fait un plat douloureux. J'avais bu la tasse. Je savais qu'ils amortiraient l'épreuve.

Ils ont été impeccables.

« C'est un procès qu'on serait fiers de perdre », nous a dit Caroline Monnot, la directrice de la rédaction du *Monde*, qui comptait aussi sur la prudence de Patrick Poivre d'Arvor. Attaquer pour diffamation l'exposerait à ce que nos récits soient entendus dans un prétoire. Le risque que ça ne tourne pas à son avantage était sérieux. Il n'a pas attaqué cette fois-là.

Il a attaqué *Le Parisien* et *Libération*. Bientôt, quand nos voix vont devenir plus puissantes, il accusera seize d'entre nous de dénonciation calomnieuse.

Le troisième problème était le plus épineux : l'anonymat.

Pas de tribune anonyme : c'est gravé dans le marbre du grand journal. On s'était naïvement dit qu'on signerait toutes de nos prénoms bien classiques. Les prénoms d'une France bien élevée.

Les prénoms n'étaient pas suffisants.

Il fallait des noms.

Dans le sillage de Florence, Cécile et Clémence avaient été les premières à dévoiler les leurs en racontant les harcèlements qu'elles avaient subis. En exposant le mien, en m'avouant violée, j'avais donné à la société la permission de me juger. Tout ça pour qu'on me classe dans la cave encombrée des dossiers abandonnés. Je me reprochais ma témérité.

Le jeu n'en valait pas la chandelle, mais reculer était désormais impossible. Le saut dans le vide est définitif.

Clémence, Cécile et moi pouvions signer de notre nom.

Avant de témoigner publiquement, j'avais appelé mes parents. Mon père ne m'avait ni encouragée ni dissuadée. Un sobre « Tu fais bien de me prévenir » avait fait mon affaire.

Après la publication, il a froncé un sourcil : « Pourquoi as-tu eu besoin de mettre ton nom ? » m'a-t-il demandé. Je me suis sentie un instant comme une enfant prise en faute, comme si les choses avaient repris un cours depuis longtemps oublié. Et puis j'ai compris. J'ai réalisé que ce nom, on le partage. C'est aussi le sien.

« Viol » est un sale mot. Il éclabousse d'obscénité autour de lui. Encore aujourd'hui, il m'arrive d'imaginer qu'il clignote sur mon visage quand un soupçon de gêne s'installe. C'est un mot qui salit, qui empeste. Les premiers jours, je sursautais en le lisant accolé à mon nom.

Mes parents aussi, je crois. Ils ne me l'ont pas fait peser plus que ça.

Ma sœur et mon frère ne m'en ont pas parlé.

On a fait comme on fait dans ma famille : comme si de rien n'était.

Je dois dire que ça m'arrange plutôt.

Les autres avaient parfois témoigné dans la presse, mais toujours sous pseudonyme. Je me disais qu'elles devaient se féliciter de cette prudence que le classement sans suite justifiait a posteriori.

C'est exactement le contraire qui s'est passé.

Emmanuelle n'a pas tergiversé. Nora non plus.

Stéphanie a réfléchi. Elle s'est dit qu'elle serait digne de qui elle était et que ça ne devrait pas avoir de conséquences professionnelles et familiales insurmontables, ce en quoi elle s'avançait un peu.

Pour Aude, le problème, c'étaient ses patients en psychothérapie, dont beaucoup venaient se rafistoler après des traumatismes de violences sexuelles. Elle avait peur que ça interfère dans les soins. Elle s'est dit qu'elle assumerait et qu'il n'y avait aucune raison que ça leur fasse du mal. Ça ne leur en a pas fait.

Justine a beaucoup hésité. Elle tenait férocement à sa discrétion, mais elle voulait qu'on soit nombreuses pour avoir du poids. Et elle se sentait protégée par le groupe.

Chloé a eu peur. Elle aurait voulu en être mais ni sa famille ni son employeur n'étaient au courant. Et son employeur, indirectement, c'était toujours TF1. C'était sage de ne pas y aller. On parlerait donc pour elle.

Sortir de l'anonymat, dire, en son nom : Voilà ce que la justice ne peut pas entendre, voilà le personnage que les Français ont porté aux nues, cherchons ensemble la source de son impunité, c'était un beau geste.

Cinq nouvelles femmes sautaient du haut de la falaise de Macronissi.

On a encaissé la défaite du classement sans suite, les armes à la main, dans un baroud d'honneur que nous pensions le dernier. Nos noms en étendard.

*Le Monde*

*Tribune.*
Publié le 09 juillet 2021 à 06 h 00 – Lecture 2 min.

> Nous étions journalistes ou autrice, débutantes tendance bonnes élèves.
> Moi, je venais pour un entretien professionnel. Il m'a imposé une fellation. Je le connaissais depuis dix minutes.
> Moi, c'était à un salon du journalisme. Je l'ai trouvé dans ma chambre d'hôtel quand je sortais de la douche.
> Moi, j'ai tellement crié qu'il a retiré ses mains et ouvert la porte.

Moi, c'était ma toute première interview à la sortie de l'école. Il a demandé à mes chefs de ne plus me faire travailler.

Moi, j'avais peur. Je n'allais plus aux conférences de rédaction.

Moi, il a mis sa main dans mon sexe alors qu'il disait vouloir me parler d'un reportage.

Moi, je venais voir un *20 heures*. Il m'a violée sur la moquette de son bureau.

Moi, je me croyais forte et libre. Le viol m'a fait comprendre que je me trompais.

Moi, je sortais mon premier livre. Je n'ai pas vu venir sa main dans mon soutien-gorge et sa langue dans ma bouche.

Nous avions de 19 à 34 ans. Nous signons ce texte au nom des neuf femmes qui ont porté plainte.

Nous sommes les prescrites, les classées, les sans-suite.

En l'état du droit et de sa mise en application, le raisonnement se tient. Le temps a effacé la possibilité de réparation. Prises isolément – il est trop tard, ou les preuves sont trop faibles –, nos plaintes ne valent plus tripette. Le droit est impuissant. Le droit ne peut pas nous entendre.

Collectivement, nous posons pourtant un problème que l'exploration des arcanes de la prescription ne va pas effacer.

Le problème, c'est que nous parlons toutes du même homme.

Se contenter de remiser l'affaire au musée Grévin du patriarcat, c'est tout mettre en place pour que ça recommence avec d'autres victimes et d'autres auteurs.
Ne pas s'interroger sur ce qui lui a permis de faire des ravages sans se faire prendre pendant des décennies vire à l'aveuglement.
Nos plaintes et nos témoignages racontent comment, là où se fabrique le récit national, dans la plus puissante chaîne de télévision française, on a pu laisser faire sans voir, sans chercher à comprendre, sans s'inquiéter pour nous, en minimisant, en prenant pour argent comptant le mythe de l'homme à femmes, le grand romantique qui les aime toutes. Le sommet de la fable de la séduction à la française.
Nous ne sommes pas des anecdotes de la rubrique « people ». Nous sommes la banalité des rapports de pouvoir dans un système d'une violence sexiste ordinaire.
On nous dit ce qu'on dit aux femmes depuis toujours : qu'on exagère, qu'on était peut-être d'accord, qu'on ment, qu'on n'avait qu'à changer de métier, qu'on couchait pour y arriver, qu'on aurait dû le dire plus tôt ou se taire plus longtemps, qu'on veut faire parler de nous.
On nous dit que les temps ont changé. Nous sommes la preuve vivante du contraire. Jusqu'à ce que nos récits et nos silences vous aident à comprendre pourquoi et comment les abuseurs prospèrent dans une impunité totale.

Les sans-suite,
Nora Arbelbide Lete, Clémence de Blasi, Emmanuelle Dancourt, Aude Turpault-Darlet, Cécile Delarue, Hélène Devynck, Justine Ducharne, Stéphanie Khayat.

*Les faits mentionnés dans cette tribune ont fait l'objet de dépôt de plaintes, classées sans suite. La personne évoquée ne fait l'objet d'aucune poursuite judiciaire relative à ces faits.*

# « Y a aussi des salopes »

Relisez les noms que vous avez survolés.

Ce pavé de signatures arrachées au silence m'a fait pleurer.

Le jour où son nom sort publiquement, on est terrorisée. On est à fleur de peau.

Raconter une humiliation violente au monde entier, en tout cas à tout son monde, n'est ni un idéal de publicité ni une promesse de sérénité.

Il n'y a aucune façon de prévoir ce que votre environnement va vous répondre.

Même s'il est difficile d'en tirer un enseignement statistique à cause de la rareté de l'échantillon, sur les neuf femmes signataires, trois se sont séparées de leur compagnon dans les semaines qui ont suivi. Témoigner publiquement dans une affaire de violences sexuelles semble être un tue-l'amour efficace.

Pourtant, le soir de la publication de son nom, Stéphanie, elle, a rencontré Brice. C'était à un dîner entre amis. Elle était secouée. Il l'a prise dans ses bras.

Simplement. Sans lui faire la morale. Sans lui dire qu'elle est courageuse. Sans prétendre savoir mieux qu'elle ce qui est bien pour elle. Un geste de réconfort.

Les hommes justes sont les plus séduisants. Même si Brice n'avait sans doute pas pris à ce moment-là toute la mesure de la complexité de la situation de Stéphanie. Ils ont fini par se lâcher la main au bout d'un an.

La hargne des commentaires sur notre tribune est suffocante. Je croyais ce vacarme réservé à la véhémence des fins de dîners arrosés, celle qui ne survit pas au matin. Je me trompais.

« Y a aussi des salopes » est un cri choral qui monte dès qu'un dominant est accusé, quels que soient le sérieux et la crédibilité des accusations. On ne s'habitue pas à la violence des réactions. On s'écarte.

« Ce qu'il y a de nouveau, me dit une amie féministe optimiste, c'est qu'il y a aussi des réactions pour tempérer les insultes. Avant #MeToo, il n'y en avait pas. »

Le thème éternel du discrédit des femmes qui parlent se lit sans filtre dans les commentaires. Tous ceux-là sont accessibles sur le site du *Monde* :

Elles ont eu 20 ans pour obtenir justice et maintenant, elles pleurnichent que la justice est contre elles et tentent de salir la réputation de ce monsieur sans en avoir l'air.

Les plaintes par effet de meute, au bout de 35 ans... Comment dire ?

Pourquoi ne pas avoir parlé avant, dans le temps de la prescription ? La justice ne peut pas être des déclarations trente ans après... Ou bien choisissons de généraliser la web potence où les femmes peuvent faire condamner quiconque sur la foi d'un témoignage... Faudrait mettre quelques limites quand même.

Et porter plainte ? [...] quand l'homme était puissant et non pas aujourd'hui qu'il est retraité et inoffensif.

Les victimes, ce sont celles qui ont dit non, dont la place a été prise par celles qui ont dit oui. Dire oui, c'est participer au système pour en tirer des avantages.

Intéressant, cette femme qui vient pour un entretien professionnel et qui commet une fellation, à peine 10 minutes après la première rencontre ! Il suffit donc de demander et elle s'exécute ? Dans quel but ? Obtenir un avantage professionnel ? Se flatter d'une relation valorisante avec une personnalité ? Il semble qu'à l'époque, ça lui convenait [...]. Il faut reconnaître que changer de statut pour tenter d'endosser celui de victime est quand même plus valorisant.

Ne pas penser uniquement à sa carrière et mettre sa dignité avant tout : les femmes sont libres de faire ce qu'elles veulent de leur corps et de l'utiliser si c'est un moyen d'atteindre leurs objectifs, cela se passe ainsi depuis les origines de l'humanité car l'homme est faible face à la séduction féminine. Aucun reproche à faire à celle qui réalise une fellation à un inconnu sur simple demande (si demande il y a eu). En revanche, ce que je n'admets guère, c'est leur capacité à ne pas assumer, à l'aube de leur vieillesse, les décisions qu'elles ont prises et comportements qu'elles ont eus dans leur jeunesse.

Les marchandages sexuels expriment tantôt l'offre, tantôt la demande. Il faudra donc réorganiser pour combattre l'une et l'autre mais par pitié sans tomber dans la pruderie obsessionnelle américaine. Peut-être faut-il réorganiser en se plaçant du point de vue des tiers qui se trouvent lésés dans leurs attentes professionnelles par l'irruption de la performance sexuelle dans l'évaluation des qualités des salariés/candidats/concurrents ?

C'est donc la faute à la justice si cet homme n'a pas été inquiété. La justice ne découvre pas les méfaits qu'on ne lui dénonce pas. « Nous sommes les victimes des victimes précédentes », de leur égoïsme et de leur manque de courage, ne serait-il pas plus exact ?

Est-il interdit de supposer qu'ayant dû accepter ces atteintes à leur pudeur pour avoir ce qu'elles voulaient, ces femmes n'ont pas voulu que les suivantes en soient dispensées ?

Cette tribune est bizarrement rédigée, voire ridicule par moments, comme ce « moi, je sortais mon premier livre, je n'ai pas vu venir sa main dans mon soutien-gorge et sa langue dans ma bouche ». Euh... Il est bien question de femmes adultes, non ? Pas d'enfants. Je suis une femme et il est matériellement impossible de « ne pas voir venir » ce genre de truc, enfin !

À ceux qu'elle accusait de sorcellerie, la rumeur a valu le bûcher. L'homme que vous accusez sans preuve est présumé innocent.

Vous êtes donc la présomption de culpabilité. L'innocence impossible à prouver. Belle régression. Le siècle des lumières semble bien loin.

## IMPUNITÉ

**Et vous n'avez rien dit, vous n'avez pas crié, mordu, couru, vous n'avez pas porté plainte ou raconté tout cela avant et vous lui avez ainsi permis de continuer tout en gardant votre boulot.**

L'impression d'avoir parlé dans le vide a été une pointe menaçante durant les trois mois qui ont suivi.

L'été s'annonçait sous les couleurs tristes d'un automne du silence.

# Florence

Je suis partie en vacances avec ma fille, ses amies, le plaisir anticipé de conversations amicales à l'ombre de la vieille vigne, de passer du temps avec Anne-Laure qui partage la maison, du mois d'août et des grandes nages, et le dossier de l'enquête préliminaire du Major.

Au village, j'ai acheté des classeurs et des étiquettes. J'ai archivé les comptes rendus d'audition, compté les anorexiques (5), les coups du plateau (12), les journalistes (12), les écrivaines (6), les mineures (2). J'ai trouvé les coordonnées de chacune. J'ai commencé à envoyer des messages à celles que je ne connaissais pas.

Dans le dossier, il y avait Florence, celle qui a ouvert la boîte de Pandore, celle qui a porté plainte la première, celle dont le viol n'est pas prescrit.

Le passage au XXI^e^ siècle a été un saut métaphysique pour Florence. C'est le moment où on a compris que la petite tache translucide dans son champ de vision droit était provoquée par une tumeur en forme d'oursin qui avait fait son nid entre le globe oculaire et le cerveau. On ne pourrait savoir si la tumeur était cancéreuse qu'en l'analysant après l'avoir enlevée. Et, pour y accéder, il fallait casser le crâne et la mâchoire.

Elle avait 16 ans. L'annonce s'est accompagnée de phénomènes inhabituels. La tempête du siècle emportait les arbres et les toits, surtout dans la Marne, à Châlons, où elle habitait avec ses parents instituteurs, son frère et sa sœur.

Tous les ordinateurs de la planète menaçaient de s'arrêter en même temps.

Pour Florence, le bug de l'an 2000 risquait d'être létal. L'Univers partait de travers.

Je connais l'angoisse que les parents tentent de masquer pour ne pas en rajouter, la fratrie effrayée qui marche sur des œufs, les journées de silence où on attend en famille des nouvelles du bloc ou les résultats d'analyses, la longueur de la récupération.

Florence s'est réveillée après l'opération dans une douleur inconnue, borgne, la moitié du front en titane, et bien vivante. La tumeur avait un drôle de nom, un cavernome. Aucune cellule maligne.

Son année de première était foutue, mais ses parents ont décidé que ça lui ferait du bien de retourner au lycée, de voir du monde, plutôt que de déprimer à la maison.

Elle se sentait laide avec son œil fermé. À l'âge où on expérimente le sexe et les sentiments, elle n'avait jamais embrassé quiconque. Elle se gardait de ses émois.

Elle a tout misé sur une chirurgie de la paupière. Après cinq ans et quatre opérations, ça a fini par marcher.

Les parents avaient calculé qu'ils pouvaient payer trois ans d'études dans une grande ville à chacun de leurs trois enfants. Après son bac, Florence a choisi Paris, un master de journalisme et une école de comédie musicale. Elle chante remarquablement.

En attendant de retrouver une vue et un visage, elle lisait. Elle était rêveuse, audacieuse et vaillante. Elle écrivait. Notamment à Patrick Poivre d'Arvor.

Elle lui a envoyé une trop longue lettre et le manuscrit de son premier roman. Il l'a invitée à le rencontrer dans un cadre professionnel. Il l'a appelée pour lui proposer de venir assister à un *20 heures*. Il lui a demandé si elle était en couple. Elle a répondu la vérité, que ça ne lui était jamais arrivé. Un homme de cette envergure qui s'intéresse à ce que vous écrivez, c'est peut-être l'événement qu'il ne faut pas rater dans une vie.

Elle a 21 ans. Lui 57.

Il lui a fait le coup du plateau.

Elle n'a rien vu venir. Ça a duré quelques minutes. Elle était vierge. Elle a essuyé le sang sur le bureau avec une lingette.

« Vous gardez ça pour vous. Enfin, vous pouvez en parler à votre meilleure amie mais c'est tout », lui a-t-il glissé en mot d'adieu pressé, tout en lui indiquant la direction du métro sur le parvis de la tour TF1.

À partir de là, deux versions de la vie s'affrontent dans la psyché de Florence. La première est noire et laide : elle a été violée, méprisée, humiliée. La seconde est scintillante : elle commence une histoire d'amour clandestine. Elle a tenu la seconde version de toutes ses forces, aussi longtemps qu'elle a pu. Les deux n'ont jamais cessé de se combattre.

Écraser la première demande un effort psychique épuisant. Le papier peint de contes de fées couvre le crime, mais il protège d'abord la victime. Confondre le viol avec l'amour, c'est ce que font presque tous les enfants abusés. Il y a une logique interne puissante à ça. Vous êtes attaqué là où se situe la source du désir. Pour ne pas affronter le réel de la domination qui écrabouille, on se dit qu'on aime ça, que c'est ça qu'on désire, être écrabouillé, surtout quand on ne connaît rien d'autre. C'est une façon de trouver du sens à la souffrance.

Le désir de Florence a été mutilé ce jour-là. Il a tenté de se nicher dans le très petit espace qui éclipsait la réalité du viol.

Elle était dominée, accablée de culpabilité, bloquée dans une impasse de la pensée.

Pendant les trois semaines qui suivent, il l'appelle tard le soir. Elle loge au foyer de la faculté de théologie protestante. Les chambres de onze mètres carrés sont partagées. Quand on est fauché à Paris, le nombre de mètres carrés dont on dispose devient un critère essentiel, on ne l'ignore jamais.

Elle prend les appels dans la minuscule salle de bains, assise dans la douche, en essayant de parler assez doucement pour que la conversation ne traverse pas les cloisons trop fines et les portes trop légères. Il veut de l'excitation sexuelle. « Vous vous caressez ? Dites-moi ce que vous aimeriez que je vous fasse. » La connaissance de l'érotisme de Florence est très influencée par *La Bicyclette bleue*, l'adaptation française signée par Régine Deforges d'*Autant en emporte le vent* de Margaret Mitchell. Une version sans esclaves noirs, transposée dans le vignoble bordelais. Elle en a retenu l'idée de l'amour éternel d'une femme pour un homme plus vieux qu'elle, une femme perdue du côté des vaincus dans les fracas de l'Histoire.

Elle lui écrit des poèmes bouleversants, lui envoie le manuscrit de son roman *La Lune et le Soir*, un livre de jeunesse sur la soumission d'une jeune femme à un homme qui la domine. Il avait demandé qu'elle ne dise rien sur le sexe entre eux ; elle obéit dans la vie comme dans le roman. Elle case le viol dans un rêve.

Certains textes ont une étrange destinée. Quinze ans après avoir été écrit, ce livre qu'elle peinait à faire publier va être lu et analysé par des esprits bien formés : des avocats, des policiers et des magistrats. Ils vont chercher, comme le font les universitaires pour les auteurs les plus illustres, à déterminer ce qui y relève de la fiction ou de l'autobiographie. Les universitaires connaissent la complexité du tri et aucun ne revendique une science exacte, encore moins une expertise criminelle.

Il est rare qu'un personnage se batte pour faire reconnaître son double de fiction ; j'en sais quelque chose. C'est pourtant à quoi va s'employer Patrick Poivre d'Arvor, qui se voit dans le sublime Alexis, personnage principal de *La Lune et le Soir*. Héros endeuillé, somptueux, dominateur et souverain, aux pieds duquel se prosterne la narratrice, qui expose les effets de la violence qui lui a été faite. Il n'a pas douté de la crédibilité de son personnage. Il colle à la perfection à la vision que Patrick Poivre d'Arvor a de lui-même.

C'était une œuvre d'imagination destinée à avoir un effet sur le réel : Florence voulait, par son talent, gagner l'estime de celui qui l'avait tant méprisée, pour rester du côté scintillant de la vie. Celui où elle était quelqu'un, pas quelque chose. Celui où il y avait un échange entre deux personnes.

Florence lutte pour tenir sur la ligne de crête du versant ensoleillé.

De toutes ses forces, elle ne veut pas être ce qu'elle a vu dans les yeux de Patrick Poivre d'Arvor. Une image d'elle qui la tuerait. Elle veut que cette Florence-là n'existe pas. Elle essaye de se transformer dans les yeux du violeur. Elle veut lui prouver qu'elle vaut quelque chose.

Les amitiés, comme les amours, sont parfois funestes. Celle de Martine l'a été pour Florence.

Pendant cinq ans, elles ont échangé des messages quasi quotidiens sur Messenger : quatre cents pages qui racontent un cas d'école sur la façon dont le viol déboulonne l'affect.

Cette très longue correspondance commence trois ans après les adieux pressés sur le parvis de la tour TF1.

Voici ce que j'y ai lu :

Martine a vingt ans de plus, des problèmes de dents, de poids, d'argent, des rêves d'amour qui butent sur des hommes fuyants et alcooliques. Comme Florence, elle écrit. Elles cherchent toutes les deux des tuyaux pour se faire publier. Elles se demandent comment attirer l'attention d'un éditeur. Pour faire connaître son talent, il faut s'accrocher, savoir encaisser les échecs et les désillusions. Martine et Florence s'encouragent mutuellement.

Martine vit beaucoup sur les réseaux sociaux, sous différents noms.

Florence fait des études, passe tous les concours de littérature et de journalisme à sa portée, travaille pour gagner sa vie. Elle a un amoureux qui l'aime plus qu'elle ne l'aime.

Florence s'excuse souvent de ne pas être assez présente. Martine est toujours disponible. Elle impressionne par son franc-parler : « pisser à la raie » est une de ses expressions favorites.

Florence est bonne camarade. Toujours prête à trouver des idées pour que Martine puisse vivre de sa passion de la photographie, elle lui donne des coups de pouce en la mettant sur des bons plans, comme les books des apprentis comédiens de son école de comédie musicale ou en l'aidant à dégoter un poste d'hôtesse d'accueil dans une entreprise en attendant des jours meilleurs.

Sur les chemins escarpés d'une vie qui ressemble à celle qu'on aimerait avoir, Florence est plus douée que Martine.

Elles se connaissent depuis qu'elles ont gagné toutes les deux le concours de manuscrits de *Vol de nuit*, l'émission littéraire du présentateur. Florence a concouru avec sa version du viol de Cécile de Volanges par le vicomte de Valmont dans *Les Liaisons dangereuses*.

Patrick Poivre d'Arvor est leur socle d'intimité.

Martine décrira au Major ses relations avec lui. Ils se sont vus six ou sept fois, toujours après le journal, dans son bureau de TF1. Il commençait par faire son courrier. Puis « il m'embrassait langoureusement, me caressait les seins, me faisait un cunnilingus, je lui faisais une fellation, il me pénétrait très doucement sur le bureau, et une fois par terre sur la moquette, toujours en face à face. Nous n'avons jamais pratiqué la sodomie. Nous jouissions toujours tous les deux ». La version de ses rapports avec la vedette est très différente dans ses conversations avec Florence. Patrick Poivre d'Arvor y est promis à l'émasculation, qualifié de « psychopathe », de « faux PD », d'« enculé », de « gros queutard plus rapide qu'un lapinos », de « calibre raisonnable » : « tu peux même parler en pipant », précise-t-elle.

Quatre ans après le viol, Florence demande au présentateur s'il veut bien répondre à une interview pour son école. Marie-Hélène, la fidèle secrétaire, a annoncé la couleur : « Quinze minutes, pas plus. »

Florence a peur. « Le fait que ce soit à midi est très rassurant : il ne m'arrivera rien. C'est un entretien pro et rien d'autre. » Elle doute qu'il se souvienne d'elle. « T'es sur terre ? Y va te pécho », lui répond Martine.

Il essaie effectivement de coincer Florence dans son bureau. Elle est très fière d'avoir réussi à le repousser.

Un mois plus tard, elle a rédigé son mémoire et propose de le lui remettre. Il l'invite de nouveau. À voir le *20 heures*, cette fois.

Florence s'emballe. Le versant scintillant lui semble à sa portée.

Elle veut être légère. « Dire à la jeune fille de 16 ans que j'ai été : Tu vois, je tiens ma parole. La vie, je la croque à pleines dents. Je profite de tout ce qu'elle m'envoie. N'aie plus peur, jeune fille, je suis là pour ne pas te décevoir. »

Cette fois, il a clairement dit qu'il voulait la revoir. Il sait qui elle est. S'ils baisent, ils seront deux. Elle existe. C'est la preuve qu'elle n'est pas la Florence chosifiée et pétrifiée qui a été violée sur un coin de table. Le sexe consenti tient la terreur à distance. La même terreur qu'à 16 ans quand elle risquait de mourir.

Le rapport fut bref.

Elle se dit que l'affaire est réglée, qu'elle a repris la main sur sa vie. Comme si le consentement ultérieur pouvait effacer le premier viol.

Elle voudrait bien parler d'autre chose mais Martine revient toujours à « Patrick ».

Elles se tiennent au courant de son actualité, notamment du licenciement de la vedette et de son procès avec TF1.

Florence reprend contact avec lui. Il l'invite dans ses nouveaux locaux, ceux de la société de production dont il est l'associé.

Avant le rendez-vous, elle panique.

Elle décrit le sommeil attaqué, entre insomnies et cauchemars.

Ses fantasmes aussi. Des fantasmes de soumission qui sont le lot commun des femmes occidentales. Une des fonctions du fantasme est de protéger de l'horreur du réel. Le réel est hostile. Florence a besoin de protection.

Martine, dessalée et jamais avare d'obscénités, l'entraîne dans des fantaisies pornographiques.

Dans une première version de ce livre, j'en citais quelques-unes.

Ces extraits de récits de fantasmes, à la fois crus et banals, ont été fatals à l'enquête et sont une menace infamante pour Florence. Elle tremble de honte à l'idée qu'ils soient publiés.

Ils sont arrivés sous les yeux de quelques journalistes. Patrick Poivre d'Arvor y a tout intérêt.

En les citant, je les désacralisais. Je les replaçais dans leur contexte ; ils montraient l'angoisse, la confusion de Florence, la surenchère de Martine, la peur qui monte et l'humour qui s'enfuit à l'approche du rendez-vous.

Quand elle a lu ce texte, Florence ne m'a pas demandé de les supprimer. Elle m'a dit que c'était dur à lire. J'ai compris qu'elle avait peur qu'ils soient isolés et utilisés contre elle. Et qu'ils servent à l'humilier encore plus. Je les ai retirés.

Elle venait pour un entretien sur le journalisme et la littérature pour son mémoire de dernière année de master. L'université avait été en grève pendant plusieurs mois, les partiels n'avaient pas pu être organisés. Le diplôme se jouait entièrement sur le mémoire. Le nom de la vedette en jetait.

La maltraitance n'a plus été niable.

Il a refusé de répondre à ses questions. Il a sèchement exigé qu'elle éteigne son dictaphone : il voulait une fellation. Il n'a pas voulu mettre de capote. Elle n'avait plus de salive. Elle s'est débattue.

Elle est rentrée chez elle, terrifiée par ce qui venait de se passer.

La version noire avait gagné.

Ce viol-là n'est pas prescrit.

Les échanges entre Florence et Martine ont été triomphalement adressés à la justice comme preuve de la folie de Florence, pas de celle de Martine.

Quand elle a appris que Florence avait porté plainte, Martine a imprimé cette très longue conversation qui a duré de 2007 à 2012 et dont je vous ai fait le résumé. Elle est allée chez Patrick Poivre d'Arvor, qu'elle n'avait pas vu depuis des années. En trahissant Florence, elle gagnait l'attention de la vedette. Elle a été chaleureusement accueillie.

Patrick Poivre d'Arvor a basé sa défense sur le fait qu'il ne s'est jamais rien passé quand il a reçu Florence. Ou plutôt si : c'est elle qui a tenté de l'embrasser sur la bouche ou de lui mettre la main au paquet et il s'est poliment retiré. « Il n'y a pas eu l'ombre du quart de rapport sexuel avec cette dame », a-t-il déclaré au Major. Elle en aurait conçu un dépit amoureux pathologique, conduisant à un trouble érotomaniaque assorti d'une quête inconvenante de notoriété, dont la plainte serait le pénible aboutissement.

L'ensemble de nos témoignages décrit ce qui se passait dans le bureau du présentateur, surtout le soir après le journal.

La possibilité que Florence y ait été reçue par un homme courtois et désintéressé est à mettre du côté des hypothèses déraisonnables.

Pourquoi les enquêteurs n'ont-ils pas vu que les conversations avec Martine prouvaient, très précisément et très exactement, tout ce que Florence avait raconté dans sa plainte ?

Il m'a fallu trois jours pour les lire. Je n'ai fait que ça, du réveil au coucher. Attentivement.

Un jour de plus pour les poèmes et *La Lune et le Soir*.

Ce sont des éléments matériels du dossier. Quel fonctionnaire de police, quel magistrat, va passer autant de temps à cette lecture ? Les avocats, quand ils sont bons, font ce travail. Et ils sortent des extraits que chacun s'efforce de présenter comme accablants pour la partie adverse.

Entre les deux, entre la plaignante et le mis en cause, on se dit qu'on ne sait pas quelle histoire croire. Alors on classe. Sans suite.

On peut se dire que c'est compliqué, une histoire de viol puis de relation consentie puis de viol de nouveau. On s'y perd. On voudrait que les femmes soient plus claires avec la violence. La justice rechigne à se pencher sur les histoires de viol qui ont l'air complexes.

Au-delà de toute considération sur l'égalité des droits et des chances pour tous les citoyens ou sur l'appropriation du corps des femmes, il y a des raisons pragmatiques à cette réticence : l'encombrement, le manque de magistrats, les jugements rendus des années après les faits, les audiences jusqu'à minuit. Tout manque : le personnel, les moyens, le temps, l'intérêt pour les victimes.

Alors l'institution trie. Il faut du viol net, tranché, un accusé qui avoue ou qui présente mal. Nous n'étions pas dans ces cas-là.

Pour rendre le viol visible socialement, un des révélateurs consiste à séparer le sexe de la violence. Le tracé de la frontière passerait par une ligne floue : la zone grise, là où le manichéisme ne s'applique plus, où le trouble s'installe. Là où on n'est pas tout à fait sûr d'avoir été d'accord.

Les pratiques sexuelles les plus aimables sont faites d'abandon, de déprise, de désinhibition, de vulnérabilité, d'effraction consentie, de pénétrations désirées. Elles ne sont pas sans force.

Dans un imaginaire érotique labouré par les thèmes de la domination et de la soumission, les jeux plaisants des amants peuvent singer la violence, en faire une représentation délestée de son pouvoir de nuire à un des partenaires.

Florence voulait un lien avec Patrick Poivre d'Arvor. Elle cherchait à sublimer le viol dans une histoire ; elle offrait de l'amour et aurait accepté de recevoir un respect érotisé. Une relation asymétrique, avec lui tout en haut et elle pas trop en bas. Des rapports épisodiques où son désir à elle aurait trouvé une place. Ça pouvait rendre le premier viol moins destructeur. Elle en rêvait. Elle œuvrait pour ça. Ça n'est pas arrivé.

La question de la frontière entre le sexe et la violence ne passe pas par la zone grise. Elle passe par le choix du sujet : pour qui le sexe et pour qui la violence ?

Lors de son audition, Patrick Poivre d'Arvor a estimé que ce qu'il a fait avec Stéphanie ou moi, c'est du sexe. Que c'est ça, le sexe entre un homme et une femme. Et tous ceux qui entendent cette histoire sont obligés de se poser la question. Demander à une jeune femme anorexique de le sucer pendant un rendez-vous professionnel ou se taper son assistante qu'il lui fallait dominer jusqu'à l'intérieur d'elle-même, c'est ça, la sexualité normale ? Pour Stéphanie comme pour moi, c'est de la violence.

Depuis qu'elle a été violée, dès qu'une excitation sexuelle se profile dans la vie de Florence, elle pense au viol. Le viol ne peut plus être séparé de sa sexualité propre. Il la colore et l'empêche. « Quand une femme violée ne peut plus faire l'amour sans penser au viol, c'est sa sexualité qui a été violée », dit la juriste Catharine MacKinnon. Elle ajoute que les agresseurs ne voient pas le problème parce que, pour eux, l'ordinaire d'une relation hétérosexuelle et le viol ont beaucoup de points communs.

Les enquêteurs, les magistrats, les jurés, nous tous, nous nous demandons si l'acte à explorer est de la baise normale ou si la contrainte et la ruse l'ont fait basculer dans le crime. Où est le normal ?

Le consentement, le fameux mot absent de la loi, prend ici toute sa dimension.

Consentir n'est ni demander ni désirer. C'est accepter une proposition ou même une pression. Le mot lui-même implique une hiérarchie entre celui qui propose et celui qui consent. Celui qui propose, traditionnellement, c'est l'homme dans son rôle actif ; et c'est la femme, supposée passive, dont on questionne le consentement.

Les analyses érudites du consentement, de son caractère libre et éclairé, de son sens dans le droit des contrats, de ses limites posées par le droit du travail, de ses liens avec les violences sexuelles, remplissent les bibliothèques.

Dans la pratique et dans l'imaginaire collectif, en France, le consentement de la femme adulte est présumé. S'il y a eu un acte sexuel, a priori, c'est que les deux étaient d'accord sur ce qu'ils étaient en train de faire. La victime doit prouver qu'elle a suffisamment fait savoir qu'elle ne voulait pas entrer en commerce sexuel avec son agresseur, ou pas de cette façon-là.

Une grande partie de la rédaction de TF1 a été aveuglée par la présomption de consentement. Tout le monde voyait les femmes se faire harceler. Les visiteuses du soir n'étaient un secret pour personne. Patrick Poivre d'Arvor avoue lui-même avoir eu une intense activité sexuelle dans son bureau. La plupart des journalistes, des techniciens et des administratifs qui travaillaient autour de lui pensaient que, s'il se passait quelque chose dans le bureau, la femme était d'accord. Plus l'homme est puissant, plus on lui octroie de « crédit de consentement ». Un crédit dont le capital se mesure à la tolérance à l'égard du gros lourd ou du grand séducteur.

De toutes les impostures du pouvoir, cette ligne de crédit illimité de tolérance à l'égard de la délinquance sexuelle est la plus dangereuse. On invoque la personnalité charismatique de l'agresseur. Ces hommes sont supposés plaire, non pas aux femmes mais à toutes les femmes. On n'est pas loin du permis de violer. C'est un des fondements les plus solides de la construction de l'impunité. Patrick Poivre d'Arvor était omnipotent. On lui a prêté, les yeux fermés, l'assentiment de toutes les femmes.

La présomption de consentement n'est pas une fatalité juridique. Le Canada, la Belgique, l'Allemagne ou l'Espagne ont imposé le « consentement positif ».

La question n'est plus de se demander si un « non » ou un silence peuvent être confondus avec un « oui », mais de se dire que « seul un oui est un oui », pour reprendre le surnom de la loi espagnole (*Sólo sí es sí*). Le consentement sexuel doit être librement et clairement exprimé. Il doit être explicite. Ainsi la sidération des victimes ne pourrait plus être l'instrument de l'impossibilité de condamner des violeurs.

Rien de compliqué, rien de dangereux pour la société : juste un renversement de la charge de la preuve. Quand un homme est accusé de violences sexuelles, c'est la preuve du consentement de celle (ou, plus rarement, de celui) qui l'accuse qu'on doit apporter pour l'innocenter. Dans ce cas, un homme en position dominante ne pourrait plus arguer du silence de sa victime pour prétendre qu'il a pu croire qu'elle était d'accord.

La présomption de consentement nous a coûté cher, à toutes, mais le prix à payer a été particulièrement lourd pour Florence.

Avec les conversations de Martine, Patrick Poivre d'Arvor aurait pu jouer la carte du rapport consenti. Il a choisi de dire qu'il ne s'était rien passé, que Florence est folle.

Au-delà de la présomption de consentement, il y a la présomption que l'homme dominant est follement désirable. Ce mensonge-là est particulièrement indigeste.

À notre sujet, nous les autres femmes, Martine, dans son audition, reprend fidèlement la ligne de défense du présentateur : « Ce sont des femmes qui n'ont pas eu leur dû. Elles auraient souhaité un rapport sexuel mais elles n'ont pas eu ce qu'elles voulaient. » Ou elles regrettent de ne pas avoir été l'élue. Ou « certaines sont perfides et intéressées. Elles veulent leur instant de célébrité ».

L'analyse psy accable Florence. Officiellement, ces expertises sont commandées par la justice pour estimer les dégâts psychiques chez la victime, mesurer l'ampleur du traumatisme. En pratique, ce sont des épreuves de crédibilité. En langage d'experts, l'absence de traces de traumatisme signifie qu'il n'y a pas eu viol, et donc que la femme ment.

Les hommes mis en cause ne sont pas soumis à ce type d'expertise, comme si la question du mensonge ne se posait pas pour eux.

Avec la psychologue, Florence a fait son arbre généalogique éloigné pendant une demi-heure. Le rapport entre le viol et les cousins au second degré est d'un ordre que la rationalité peine à trouver. La psychologue n'a pas jugé Florence assez traumatisée.

Quand je lui ai demandé ce qu'elle retenait de cette expérience, elle m'a dit : « J'ai été traitée en criminelle. »

À partir des conversations avec Martine et des extraits sortis par Patrick Poivre d'Arvor, les enquêteurs se sont convaincus que Florence mentait.

Ils ont écouté le meilleur ami et associé de l'accusé, Dominique Ambiel, qui les a accompagnés dans les bureaux de sa société de production, là où a eu lieu le viol non prescrit.

Ça n'était pas la première fois que Dominique Ambiel venait aider son ami dans ses déboires judiciaires.

Dix ans plus tôt, le comportement de Patrick Poivre d'Arvor avec les femmes avait déjà été porté devant la justice. Son ex-compagne, Agathe Borne, avait porté plainte pour harcèlement.

Le 17 avril 2008, on a vu la vedette, dans Paris, brandissant le poing à quelques centimètres du visage de la jeune femme. Il la menaçait en pleine rue. Elle s'était réfugiée, terrorisée, contre un mur. Elle criait, appelait à l'aide. Les clients installés à la terrasse du café en face assistaient, médusés, à la scène. Un serveur s'est approché, mais il n'a pas osé intervenir. Le présentateur a fini par se calmer et tourner les talons, laissant Agathe Borne en état de choc contre le mur.

L'histoire a été publiée dans le journal *Entrevue* en juin 2008 avec des photos et la recension de divers et fréquents actes de violence de Patrick Poivre d'Arvor.

Je suppose qu'on n'a pas voulu prendre l'affaire au sérieux parce que le titre appartenait à une presse trash et masculiniste. L'enquête était pourtant extrêmement bien documentée.

Pendant que Patrick Poivre d'Arvor plaquait Agathe Borne contre un mur en public, *Paris Match* voyait en lui « une de nos plus fringantes illustrations de la séduction à la française ». Patrick Poivre d'Arvor racontait qu'il vivait « une relation plutôt féconde et apaisée ».

Elle dénoncera « un enfer ».

Pour la détruire totalement, il l'a insultée dans un livre constitué en grande partie des carnets intimes qu'il lui avait volés. Elle s'est défendue. Elle a attaqué le livre. Dominique Ambiel a juré qu'il avait vu Agathe Borne relire le manuscrit et qu'il l'avait entendue donner son accord oral. Les juges ne l'ont pas cru.

Patrick Poivre d'Arvor a été condamné avec une sévérité rare dans les annales de l'édition : 33 000 euros de dommages et intérêts pour violation de la vie privée et du droit d'auteur et, surtout, décision tout à fait exceptionnelle, interdiction de réédition.

Quelques années plus tôt encore, Dominique Ambiel avait été condamné pour pédocriminalité : « sollicitation de prostituée mineure », exactement. Il avait juré qu'il avait voulu protéger une adolescente de 17 ans en l'abritant dans sa voiture aux abords du bois de Boulogne. Les juges ne l'avaient pas cru.

Cette fois, dans l'enquête sur les viols dénoncés par Florence, il a été cru. Il a affirmé qu'il avait une réunion au moment où elle était dans le bureau, que personne n'avait rien vu alors que le bureau est entièrement vitré. Le Major a fait des photos dont il est impossible de tirer la moindre évidence.

Quand elle décide de porter plainte en février 2021, Florence se pense assez solidement établie pour être capable de résister à la pression que son geste va déclencher.

Elle a fait son trou dans le domaine de la vulgarisation scientifique, spécialisée en astronomie. Sa vaillance et son énergie ont été récompensées. Elle a signé plusieurs livres sur l'Univers, le système solaire ou l'espace, été chroniqueuse sur France Inter, développé avec succès une chaîne YouTube. Ses projets trouvent des financements et elle est invitée à des conférences, notamment pour parler de la planète Mars, qu'elle affectionne particulièrement. Elle raconte que, dès que la photo a permis d'en apercevoir la surface dans les années 1960, les hommes ont imaginé des canaux, des cités, des forêts, et une infinie variation de

« Martiens », verts ou roses, amicaux ou hostiles. On pense à partir de ses propres projections. L'idée qu'il n'y avait rien d'autre qu'un caillou sans vie a été la plus difficile à admettre. Avec l'histoire de Mars, Florence raconte-t-elle sa relation avec le présentateur ?

Elle a fait de ses blessures un roman cathartique, *Pandorini*. La rédaction du livre lui a permis de déplier et d'assumer son histoire. Elle croyait la prescription installée. Quand elle a appris que ça n'était pas le cas, que ses malheurs pouvaient encore être jugés, elle a fait appel à la justice.

La médiatisation de l'affaire et le classement sans suite lui ont valu des torrents d'insultes et la perte de tous ses contrats.

Patrick Poivre d'Arvor a continué à arpenter les festivals et les salons du livre, à faire des master class de communication de crise, des animations de réunions de business clubs, des croisières romantiques sur le Rhin, et à lire *Le Petit Prince* d'Antoine de Saint-Exupéry en public.

# Emmanuelle

À la rentrée 2021, on l'a vu dans une école. Il avait été invité pour parler à des enfants de 10 ans de sa vie de grand journaliste. Sur le tableau Velleda blanc de la classe des CM1-CM2 de l'établissement catholique Saint-Joseph d'Arras, des lettres en paillettes de couleurs vives traçaient, à l'anglaise, un joyeux et attentionné « Bienvenue, Mr PPDA ».

Nous avons appelé la directrice pour comprendre le sens de sa démarche. Elle s'est excusée. Elle avait envoyé plusieurs dizaines de demandes à des journalistes ; il était le seul à avoir répondu.

Elle a rapidement supprimé les traces de la communication autour de l'événement sur les réseaux sociaux. Je ne sais pas ce qu'elle a dit aux parents d'élèves.

Tous ces gens qui invitaient ou payaient Patrick Poivre d'Arvor faisaient comme si nous n'existions pas, comme si nous étions les lignes d'un fait divers scabreux et malséant plutôt que des personnes réelles.

On avait beau avoir raconté nos histoires à la justice et dans les journaux, c'était comme si nos voix étaient des chuchotements à peine audibles. Nous avions du mal à nous résoudre à l'impuissance. Nous étions sorties du silence pour y être renvoyées, le fardeau alourdi d'un soupçon d'humiliation judiciaire et de regards gênés.

L'indifférence à peine polie qui nous entourait nous navrait.

Pour devenir une personne réelle, rien de mieux qu'une conversation franche. Quand l'une de nous trouvait un lien avec les organisateurs d'un événement dont la publicité reposait sur la présence de la vedette, elle appelait et racontait notre histoire. Elle était plus ou moins bien accueillie.

Emmanuelle était la première à la manœuvre. Elle n'avait pas son pareil pour trouver les contacts des organisateurs.

Un sommet du genre a été le festival littéraire de Saumur, les Journées nationales du livre et du vin, où Patrick Poivre d'Arvor en personne devait remettre le « prix Patrick Poivre d'Arvor » au meilleur « journaliste-écrivain » de l'année. Les organisateurs du festival faisaient confiance à la justice et ne voyaient pas ce que la récompense pouvait avoir d'infamant ou même d'embarrassant. L'auteur qui devait être récompensé a été plus sensible à nos arguments. Il a dit à Emmanuelle qu'il ignorait que le prix portait ce nom. Il a discrètement filé avant la cérémonie et sauvé son honneur.

Un placide directeur d'une compagnie d'assurances, le maire d'une station balnéaire de Normandie ou un mondain qui fait tourner ses réseaux autour d'un festival de village dans le Luberon nous feront tous la même réponse : « Tant que la justice n'a rien à lui reprocher, il est innocent. » Drapés dans la logique de l'utopie d'une démocratie égalitaire, au pouvoir judiciaire puissant et équitable, avaient-ils conscience de nous insulter ? Comprenaient-ils que nous entendions : Je ne vous crois pas, vous mentez ; ou, pire : Je vous crois mais on s'en fout ? Ces hommes, pourtant civilisés, s'autorisaient à nier leur interlocutrice sans y voir la moindre impolitesse. Emmanuelle ne se vexait pas, n'éludait pas, n'insistait pas, et obtenait parfois un résultat plus apaisant.

À Nantes, les responsables du dîner du business club de la ville nous ont envoyé un joli signe de solidarité. Ils ont remplacé Patrick Poivre d'Arvor par Jean-Michel Aphatie, le seul éditorialiste français à nous soutenir publiquement.

Les plus empathiques de nos interlocuteurs nous disaient qu'ils avaient des compagnes, des filles ou des mères auxquelles ils n'auraient pas voulu qu'il arrive ce qui nous était arrivé.

C'est bienveillant.

Mais ces explications protectrices contiennent aussi une des plus profondes difficultés que rencontrent tous ceux qui luttent contre les violences sexuelles : les hommes ne veulent pas s'identifier aux victimes (même quand les victimes sont des hommes). Entre eux et nous, il y a un abîme. En cherchant la compassion du côté des femmes qu'ils aiment, ils montrent qu'ils veulent se rapprocher de nous mais aussi, dans le même mouvement, se mettre à distance du risque. Le viol et l'agression, c'est pour nous, pas pour eux.

Ce mécanisme est très ancien, très ancré. Le relever provoque une grande incompréhension et un sentiment d'ingratitude. Emmanuelle ne le relevait pas.

Pendant près de vingt ans, elle a fait les belles heures de la chaîne catholique KTO. Elle animait un tête-à-tête habile et cultivé avec des célébrités. L'émission, *Visages inattendus de personnalités*, était diffusée en prime time le samedi soir.

À l'automne 2007, elle reçoit le présentateur, encore au firmament de la gloire. L'entretien s'enfonce dans un tunnel d'autoflagornerie. L'invité est tout à la félicité d'être lui-même. Il récite sa légende, se vante d'un don quasi divin à anticiper l'avenir, de sa préscience de journaliste qui, selon lui, explique son succès. Il se serait bien vu écrivain-diplomate comme Claudel, dit-il. Emmanuelle sourit et enchaîne sur Stendhal, Chateaubriand et Giraudoux. Sa capacité à citer du tac au tac trois écrivains-diplomates m'impressionne. Dans le flux insipide du discours autosatisfait, quelques secondes de vérité débordent. Patrick Poivre d'Arvor s'avoue boulimique, compulsif. Il veut « consommer, manger, jouir », confesse-t-il dans un tremblement vite maîtrisé.

Après l'émission, il invite Emmanuelle au *20 heures*. Elle ne voit pas l'intérêt d'y aller jusqu'à ce que, quelques mois plus tard, le rédacteur en chef d'un hebdomadaire lui commande un portrait de la vedette qui vient d'apprendre son licenciement.

Une très légère variante du coup du plateau : Emmanuelle connaît trop la fabrique de la télévision pour vouloir s'asseoir au fond du studio. Elle préfère assister au journal en régie, avec les techniciens. Elle se souvient de l'humeur méchante du présentateur, qui insulte ses équipes.

Il a été convenu que l'entretien pour le portrait aurait lieu dans son bureau après le *20 heures*.

Elle n'a aucune raison de se méfier, jusqu'à ce qu'il lui demande si elle est en couple et si elle est fidèle, éteigne la lumière, ferme la porte à clef et la plaque contre le mur. Elle panique. Elle répète en boucle, doucement d'abord, puis de plus en plus fort, jusqu'à crier : « Patrick, ouvre cette porte ! » Il finit par céder. Elle s'enfuit.

Elle doit quand même écrire son papier.

Elle l'a retrouvé et en a donné une copie au Major. Le ton est discrètement excédé. Elle case un « besoin excessif de jouissance » et en appelle aux conseils de Montaigne : « Notre grand et glorieux chef-d'œuvre, c'est vivre à propos. Toutes autres choses, régner, thésauriser, bâtir, n'en sont qu'appendicules et adminicules pour le plus. »

Dans les mois qui suivent, il lui envoie des messages, parfois tard le soir. Il l'appelle « ma petite nonne ». La vie d'Emmanuelle était déjà un marathon, comme elle l'est toujours aujourd'hui, entre son amoureux, Giray, ses quatre enfants et ses déplacements là où le travail l'appelle. Elle pense que la vedette était excitée par son côté mère de famille nombreuse, catholique et provinciale. Elle vit près de Dijon. Elle dort dans des couvents hôteliers quand elle vient travailler à Paris.

Patrick Poivre d'Arvor niera en bloc le témoignage d'Emmanuelle. Pour sa défense, il la décrit comme une menteuse mue par le ressentiment.

# Louise

Louise ne s'appelle pas Louise. À sa demande, j'ai aussi changé les lieux. Tout le reste est exact. Louise redoute qu'on puisse la reconnaître, elle ou sa famille. Elle ne veut pas qu'on lui parle de son témoignage.

Louise a exactement l'âge de mon fils. Elle avait 19 ans en 2016. Elle vivait et étudiait à Reims pour devenir journaliste. Elle souffrait d'une anorexie sévère. Une amie de classe venait de mourir de cette même maladie. Elle avait décroché un stage dans la rédaction d'un journal local dont le sujet principal était la réputation du vignoble de la région, mais qui s'ouvrait aussi à une actualité plus générale. Elle voulait que son premier article soit une alerte sur les ravages des troubles alimentaires. Patrick Poivre d'Arvor, spécialiste du sujet, donnait une conférence dans la ville.

Louise a fait ce que n'importe quelle journaliste débrouillarde aurait fait : elle s'est fait dédicacer un livre et en a profité pour demander au présentateur s'il voulait bien lui accorder une interview. Elle n'avait qu'à lui laisser son numéro de téléphone, il essayerait de libérer un peu de temps pour elle.

Il l'a appelée en numéro masqué au milieu de la nuit. Il a commencé par parler de l'anorexie, de ses impacts sur le corps et la sexualité. La déformation de l'image de soi, de son corps et de sa féminité sont au cœur de la pathologie. Elle m'a dit qu'elle avait l'impression de discuter avec son médecin et elle a pensé qu'il voulait lui montrer qu'il s'y connaissait.

Elle a compris le piège quand il lui a proposé de passer, là, maintenant, à son hôtel pour l'interview. « Heureusement, je n'y suis pas allée. Ma fragilité l'intéressait plus que mon article », a-t-elle expliqué au Major lors de son audition. Elle a été choquée par l'abîme qui sépare l'homme public de l'homme privé.

Louise n'est pas devenue journaliste. Elle vit à New York, où elle travaille pour un grand cabinet de conseil.

Est-ce que la jeune femme de 19 ans que j'étais serait allée à l'hôtel ?

Peut-être. Parce qu'on m'a appris qu'il ne fallait pas avoir peur des hommes, que les violeurs sont rares, que ce sont des fous. Des fous criminels, il n'y en a pas tant que ça. On ne peut pas passer sa vie à les craindre.

Pour les femmes françaises de mon milieu et de ma génération, éviter de rentrer à pied tard le soir aurait été un peu comme ne pas prendre l'avion par peur des accidents : de la névrose ou de la couardise.

On ne m'a pas appris que le violeur, c'était un homme prestigieux à l'indéniable profondeur humaine, puisqu'il avait traversé le drame intime du suicide de sa fille anorexique.

La perspective de décrocher l'entretien qui assurerait le passage de mon premier article sur un sujet si capital aurait certainement renforcé cette conviction, et même, parfois, cette revendication, un peu audacieuse que nous avions, jeunes Françaises éduquées : celle de notre liberté sexuelle, ce qui impliquait, en tout premier lieu, de ne pas voir des violeurs partout.

En dépit de l'histoire que je vous raconte, je reste profondément attachée à cette idée.

La possibilité, pour une femme, de vivre une vie sexuelle épanouie ne passe pas par la peur du viol.

Penser que j'ai été violée parce que je n'avais pas assez peur, que je n'étais pas assez méfiante, ce serait renoncer à la liberté. La peur et la méfiance sont de mauvaises conseillères, et de mauvais ingrédients de la vie sexuelle.

De quels hommes les femmes devraient-elles avoir peur ?

S'il faut avoir peur d'un homme qui a été un des plus connus de France, alors de qui faudrait-il ne pas se méfier ?

Il n'y a pas de liberté sexuelle pour les femmes tant qu'un homme peut en piéger une seule dans l'étincelante armure de sa réussite sociale. Notre violeur avait l'une des plus rutilantes armures de France. Il avançait, protégé par d'épaisses superpositions de papiers peints de contes de fées.

Puisqu'il n'y a pas de liberté sexuelle dans la peur, l'illusion de la sécurité est la seule solution que j'ai trouvée.

Comme si le risque du viol était le prix à payer pour la liberté.

Quand le Major a interrogé Patrick Poivre d'Arvor sur mon cas, il a convenu avoir eu une relation sexuelle avec moi à son domicile. Il a casé l'événement juste avant que je devienne son assistante et non à la fin de notre collaboration.

Ce changement de date avait deux fonctions stratégiques : il diminuait le lien de subordination puisque, selon lui, je ne travaillais pas encore exclusivement pour lui, et il laissait croire que j'avais accepté de coucher pour avoir le job. Ça faisait de moi une pute, une salope arriviste. Le mythe de la promotion canapé est toujours là pour servir les hommes et pour dénigrer les femmes au travail. Un mythe qui justifie le rejet social de la femme hiérarchiquement inférieure et la valorisation de l'homme de pouvoir, même quand l'histoire est parfaitement désirée. On parle dans son dos à elle. On l'évite à la cantine. Le groupe accable la femme, jamais l'homme.

Patrick Poivre d'Arvor a ajouté que je n'étais « pas farouche ». Un gibier farouche, c'est celui qui ne se laisse pas apercevoir, celui qui fuit au moindre signe de danger. Pour ne pas être violées, les femmes devraient avoir peur, détaler devant les hommes ? Et vivre dans la mâchoire bien serrée de la domination masculine triomphante ? Se défendre d'une accusation de viol en remettant en cause la vertu de la victime est un poncif éculé.

La vertu des femmes est l'éternel sujet, l'angle d'attaque ordinaire et toujours payant pour les disqualifier. Certains pays, comme l'Australie, ont pris des mesures juridiques pour éviter ça. Dans les procès de viol, il est interdit d'évoquer le passé de la victime. C'est hors sujet, tout simplement. Ce qu'on juge, c'est l'acte, pas la femme. Patrick Poivre d'Arvor est un expert du slut-shaming, ce mot dont on ne trouve pas la traduction française. Il sexualise pour humilier.

Dans l'émission *On n'est pas couché*, en octobre 2008, il a traité perfidement Ségolène Royal, l'ex-candidate à la présidentielle, de pute – de « péripatéticienne », comme on dit quand on veut avoir l'air de ne pas y toucher. C'est passé sans problème. Sur le plateau, tout le monde a rigolé comme à un bon trait d'esprit.

La violence misogyne de la séquence était alarmante.

Patrick Poivre d'Arvor disait frontalement sa haine des femmes.

Le discours aurait dû faire retentir quelques sirènes d'alarme. L'énormité tranquille de la misogynie prépare nos viol, et assure l'impossibilité de les dire ou de les faire entendre.

Ça n'est pas le problème de Ségolène Royal. C'est notre problème à tous. Ségolène Royal a été, de toute l'histoire républicaine française, une des deux seules femmes à accéder au second tour de l'élection présidentielle. Or Patrick Poivre d'Arvor avait animé, quelques mois plus tôt, le débat du second tour. Il était supposé y tenir la place du journaliste/arbitre impartial. Il méprisait un des deux candidats à cause de son sexe. Une femme, une pute.

Aucun homme ne subit ce genre d'insulte, quelle que soit la rudesse de l'expérience politique. Dans un monde où la haine des femmes peut s'exprimer aussi frontalement sans rien provoquer d'autre que des frétillements d'excitation, les femmes ne sont pas en sécurité.

Je sais ce que j'aurais pensé, à 19 ans, les larmes aux yeux, en sortant de l'hôtel où je me serais rendue de mon plein gré, en pleine nuit, à l'invitation d'un homme que je voyais comme un inoffensif papy. Je sais où se niche l'embryon de la haine de soi. « Qu'est-ce que tu croyais, pauvre conne ! »

« Moi, je n'ai jamais été violée, me dit une connaissance, mais il faut dire que j'avais les moyens sociaux de refuser. »

C'est dit en toute innocence, sans intention de blesser. Le viol fait de vous une gueuse.

# *Libération*

Le mardi 9 novembre 2021, en fin de matinée, au petit kiosque parisien près de chez moi, il n'y avait plus qu'un seul exemplaire du journal *Libération*. Dès qu'il m'a vu arriver, le kiosquier me l'a tendu avec un large sourire entendu. Je l'ai acheté et gardé.

Dans l'après-midi, celles d'entre nous qui n'avaient pas été assez rapides sont restées bredouilles. En quelques heures, le tirage papier du journal était épuisé.

Ce jour-là, on était en une.

La une « Scandale », c'est comme ça qu'ils l'ont appelée à *Libération*. L'image de nos visages en première page était inspirée de l'affiche du film *Bombshell* de Jay Roach, *Scandale* en français. Le film raconte comment les présentatrices de Fox News Channel ont dénoncé leur patron, Roger Ailes, tyrannique délinquant sexuel. La référence semblait appropriée.

Ce jour-là, la dimension de l'histoire a changé.

Dans cette année à l'assaut de la forteresse de l'impunité, *Libération* a été le bélier qui a fendu la porte blindée.

Sans l'engagement, le soutien et le talent de toute la rédaction, nos voix n'auraient pas passé le mur de l'indifférence embarrassée et des conversations à éviter.

Pour nous toutes, le temps se sépare en deux. Il y a un avant et un après *Libé*.

Avant, nos récits n'avaient provoqué qu'un murmure vite assourdi, une onde qui avait brièvement troublé la surface lisse du grand lac patriarcal.

Après, on nous a crues.

Dans notre affaire, beaucoup de victimes sont des journalistes, l'agresseur est un journaliste, ceux qui peuvent en parler (ou ne pas en parler) sont des journalistes.

Dans la presse, comme dans l'Église, regarder en face les pires dérives criminelles en son sein n'est pas une chose facile.

Les confrères et les consœurs qui ont complaisamment laissé faire se trouvent face à un douloureux questionnement.

Pour l'éviter, la solution instinctive, c'est de regarder ailleurs. Les confrères de l'époque cherchent à éviter le cul-de-sac dans lequel les accule un virilisme véhément : s'ils ont vu et n'ont rien dit, ils sont complices ; s'ils n'ont rien vu, ils sont aveugles et irresponsables. Ils sont, à leur tour, pris dans les rouages de la machine à taire.

Les courageux, capables de faire leur aggiornamento, de se poser honnêtement des questions sur l'origine de leur aveuglement et sur ses conséquences, sont rares.

Dès qu'il n'a plus été nourri par la puissance du « journal le plus regardé d'Europe », l'éclat de la vedette a pâli. Treize ans après son licenciement tonitruant, quand Florence a porté plainte, le présentateur vieillissant ne trouvait plus beaucoup à s'employer dans les médias.

Ses livres – il en a publié plus de quatre-vingts – peinaient à séduire les éditeurs et ne dépassaient plus les quelques centaines d'exemplaires vendus.

Has been et ringardisée, inconnue des moins de 30 ans, l'ancienne étoile semblait au bord de l'extinction.

Nous avons pourtant sous-estimé la vigueur de ses soutiens et de son réseau.

Sans même parler de TF1, dont nous n'avons pas tardé à mesurer à quel point la direction actuelle était toujours prête à tendre une oreille attentive au prédateur, les responsables de quelques-unes des grandes rédactions françaises ont choisi de nous ignorer, voire de nous attaquer.

J'étais personnellement dans une position complexe.

De journaliste, j'étais devenue « source ». Mon passé professionnel et mes années d'apparition dans les livres de mon ex-mari écrivain faisaient de moi une source exceptionnellement avertie. Dans le genre, j'avais une expérience quasi inégalée.

Je savais reconnaître la générosité ou la pingrerie professionnelle de mes confrères et consœurs, leur implication, leur talent ou son absence.

Je connaissais par cœur les premières lignes du livre de Janet Malcolm, *Le Journaliste et l'Assassin* : « Le journaliste qui n'est ni trop bête ni trop imbu de lui-même pour regarder les choses en face le sait bien : ce qu'il fait est moralement indéfendable. Il est tel l'escroc qui se nourrit de la vanité des autres, de leur ignorance, de leur solitude ; il gagne leur confiance et les trahit sans remords. »

Je n'étais ni ignorante ni seule.

L'ego des journalistes les plus malhabiles, prêts à piétiner la confiance de leurs sources pour un bon article, s'annonce dans un fracas de gros sabots. Certains vont tenter de fouiller dans mon passé, d'approcher ma famille en cachette, et s'offusqueront de mon refus de leur accorder mon témoignage.

Peu de temps après notre tribune dans *Le Monde*, j'avais été contactée par un confrère d'un hebdomadaire qui m'avait expliqué que je me « trompais d'affaire » : « Tout le monde connaît des femmes qui ont eu des problèmes avec lui. C'est un dragueur lourd mais ça ne va pas plus loin. »

Sans sembler en être troublé le moins du monde, il me prenait de haut pour me raconter une actualité dont j'avais une connaissance à la fois ample et intime.

Sans avoir vu le dossier et armé d'une épaisse couche de condescendance, il m'expliquait qu'il savait que je mentais.

Il avait trois angles d'attaque pour nous décrédibiliser toutes, en nous réduisant à trois personnages qui résument l'essentiel des médisances dont sont l'objet les femmes qui dénoncent les violences sexuelles des puissants : Florence incarnait la folle érotomane, Clémence la militante féministe radicalisée, et moi, la salope.

Il m'appelait pour me faire réagir à des éléments que la défense de Patrick Poivre d'Arvor lui avait fournis, notamment une lettre qu'il présentait comme accablante.

C'était un mot manuscrit que j'avais envoyé à la vedette quand elle avait été licenciée, quinze ans après le viol. Une lettre professionnelle de courtoisie lourde de double sens. Je lui rappelais que travailler à ses côtés n'avait pas été une partie de plaisir – « une école de rigueur » –, que je n'oubliais rien et que son avenir n'était plus dans le journalisme. C'était dit poliment, avec l'emphase un peu ampoulée qu'exige l'exercice.

J'apprendrai avec stupéfaction que le présentateur conservait aussi depuis vingt-deux ans la carte de vœux de bonne année que je lui avais adressée en 1999 !

Avant de les joindre à la plainte pour dénonciation calomnieuse qu'il va déposer contre nous, Patrick Poivre d'Arvor a fait circuler ces lettres dans Paris, la mienne, comme celle que Chloé lui a envoyée en 2003 après le viol digital, celles que Stéphanie lui envoyait de temps en temps depuis 1994, et peut-être d'autres : je n'ai jamais vu ce paquet de petits mots qu'il menace en permanence de publier. Il prétend y voir les preuves de notre duplicité et de son innocence.

Ces lettres sont le reflet du déséquilibre du rapport de pouvoir, l'écho de la situation de domination. Nous lui avons écrit pour diminuer son pouvoir de nuisance, respecter les usages professionnels ou même, pour certaines d'entre nous, dans le déni né de l'emprise.

Le présentateur s'est souvent vanté dans les médias de l'abondance du courrier qu'il recevait. Trois cents à quatre cents lettres par jour, disait-il. Il en a compté soixante-dix mille rien qu'au moment de son départ du *20 heures*.

A-t-il gardé les nôtres par précaution, anticipant les risques de plaintes ?

Stockait-il tout son courrier depuis quarante ans dans une folie proche du syndrome de Diogène, cette maladie psychique qui fait que les personnes atteintes ne jettent plus rien et finissent ensevelies sous les déchets ?

Y avait-il, quelque part, un entrepôt ou un sous-sol à l'hydrométrie contrôlée, rempli de centaines de milliers de petits mots anodins ? Dans quel ordre mystérieux étaient-ils archivés, classés, conservés ? Par date ? Par ordre alphabétique ? Par thèmes ? Selon l'importance de l'auteur ? Selon la nature de l'agression, en prévision de plaintes éventuelles ? Gardait-il cette montagne de papier comme preuve de son importance sociale ?

Dans l'idée que des chercheurs iraient un jour y puiser de quoi nourrir une hagiographie de l'inoubliable écrivain qu'il rêvait d'être ? Comptait-il léguer l'ensemble à ses descendants ? En faire don aux Archives nationales après sa mort ? Qui s'occupait de gérer l'ensemble ?

Ces questions nous intriguent toujours.

Dans les liens qui se tissent entre les journalistes et leurs sources, Anne Diatkine n'avait pas à gagner mon estime et ma confiance. Elle les avait déjà.

Elle avait aussi le dossier du Major.

Je connais Anne depuis si longtemps que les circonstances de l'origine de notre amitié se sont perdues dans nos mémoires. Nous pratiquons ce compagnonnage au long cours qui fait de l'autre le précieux témoin d'une vie. Elle est une des premières à qui j'ai dit le viol.

Nous avons toutes les deux fréquenté les mêmes bandes de jeunes étudiants parisiens.

J'ai choisi l'actualité et la télévision, quand elle choisissait la culture et la presse écrite. Elle a fait une grande partie de sa carrière à *Libération*. Anne est une personnalité singulière et une journaliste inclassable.

Elle cède peu sur les détails, mais croit à la fluidité des relations et à l'apaisement des conflits. Elle redoute les poncifs, craint les idées et les mots convenus. Elle déteste les étiquettes qui enferment.

« Patriarcat » est un mot qu'elle ne prononce pas. Elle se méfie de #MeToo comme d'un mouvement globalisant qui effacerait les singularités des êtres et des histoires.

C'est pourtant elle qui va signer, avec son collègue Jérôme Lefilliâtre, le dossier le plus emblématique de #MeToo en France.

L'été où je sautais avec mes enfants du haut de la falaise dans les profondeurs accueillantes de la mer Égée, les journalistes du *New York Times*, Megan Twohey et Jodi Kantor, essayaient de convaincre des victimes de Harvey Weinstein de témoigner à visage découvert, sans quoi leur enquête resterait lettre morte. C'est une règle d'or de la plupart des grands journaux : pas d'enquête construite uniquement autour de témoignages anonymes.

Les deux journalistes rapportent la phrase magique qui provoquait le déclic : « Je ne peux pas changer ce qu'il vous est arrivé dans le passé. Mais, ensemble, nous pourrions utiliser votre expérience pour protéger d'autres femmes. » Ça marche beaucoup mieux que toutes les vaines promesses et les léchages de bottes, qu'elles avouent avoir aussi essayé.

La suite est entrée dans l'Histoire. Leur article a été publié le 5 octobre 2017. Le *New Yorker* a enchaîné. Dix jours plus tard, l'actrice Alyssa Milano lance sur Twitter le hashtag #MeToo. Le scandale s'est répandu dans le monde occidental. On évoque une traînée de poudre, un tsunami, une onde de choc planétaire. Les femmes parlent. L'évidence s'impose. La honte va changer de camp. L'impunité des violeurs deviendrait le souvenir d'une époque révolue.

Pourtant, rien ne permet d'établir que le mouvement a contribué à diminuer les violences sexuelles. Au jour où j'écris ces lignes, les historiens n'en ont pas encore fait la synthèse.

Luc Bronner était directeur de la rédaction du *Monde* au moment de la vertigineuse chute du producteur d'Hollywood. Il a créé une *task force* d'enquête sur le harcèlement sexuel.

Des articles et des tribunes célébraient ou s'inquiétaient de la libération de la parole des femmes. On débattait du « droit d'importuner », de la zone grise du consentement, du fossé générationnel, de l'effet de la dénonciation de la culture du viol sur les rapports de séduction, de l'ampleur d'un phénomène qui touchait toutes les couches de la société, de la tentation victimaire, de l'exportation du puritanisme américain et de la saveur de l'art français de plaire.

On fixait des règles : « rencontrer les témoins à plusieurs, vérifier le récit dans ses moindres détails, entendre le maximum de personnes qui viendraient confirmer ou infirmer leurs dires. Et, en cas de doute, ne pas publier ».

De son expérience #MeToo, l'actrice Asia Argento (*Anatomie d'un cœur sauvage*) fait un bilan dépité. Elle estime que le mouvement, désormais confit en bigoterie, n'a pas plus de sens qu'une breloque épinglée sur une robe un soir de gala.

Elle en veut à une partie de l'opinion publique italienne qui l'a conspuée pendant des années, aux journalistes, et particulièrement à Ronan Farrow. Pour une phrase. Une phrase publiée dans le *New Yorker*, dans le deuxième article sur Harvey Weinstein.

Autant dire que, dans l'histoire du mouvement #MeToo, on est dans les textes fondateurs.

Ronan Farrow a écrit quelque chose qu'elle dément, à propos du viol que lui a infligé le magnat d'Hollywood : elle aurait eu aussi des « relations sexuelles consenties – avec lui – à de nombreuses reprises au cours des 5 années suivantes ».

Le journal n'a jamais voulu publier d'erratum en dépit de ses suppliques.

Elle estime que la phrase l'a rendue pestilentielle, indésirable, surtout en Italie. Sa carrière au cinéma s'est arrêtée. La ligne de crête est étroite et périlleuse entre la vallée de la courageuse briseuse de silence et celle de la pute assoiffée de n'importe quelle publicité. Cette phrase, fausse, a été la pichenette qui l'a entraînée, un temps, du mauvais côté.

Elle en veut aussi à certaines victimes. Comme quand la trahison et la déloyauté écrasent le soutien et l'amitié qu'on cherchait dans la relation née d'une aventure collective.

Souvent, les victimes s'en veulent et s'engueulent.

Nous-mêmes, on n'y a pas échappé. On a surmonté nos querelles d'ego. On est allées repêcher celles qui souffraient. On est restées solidaires.

Notre peine est commune, nos douleurs sont singulières.

Dès le début, avec *Libération*, on s'est mis d'accord sur un principe : l'enquête ne serait pas illustrée par des photos de la vedette.

Ce point est fondamental. Il débloque un des freins les plus puissants à la compréhension des mécanismes des violences sexuelles : la vie des victimes, leurs malheurs ont, de façon systémique, moins d'importance que ceux de l'agresseur. On nous regarde moins, on nous voit moins, surtout quand le mis en cause a la célébrité du nôtre. La France entière connaît son nom et son visage, pas les nôtres. Nous restons inessentielles, secondaires, comme les femmes du *Deuxième Sexe* de Simone de Beauvoir. La une de *Libération*, nos récits, ce livre tentent un retournement crucial : diriger l'objectif de la caméra vers nous, sans quoi nos témoignages s'écrasent sous la puissance de celui qu'ils dénoncent.

Anne a fixé une deuxième règle. Elle tenait à la longueur de nos récits. Elle a ce talent rare de faire entendre les voix dans ses textes. Elle voulait qu'en lisant les entretiens rédigés à la première personne, on puisse nous imaginer. Pour ça, il faut du temps et de l'espace. Nous aurons une pleine page chacune.

C'est Jérôme Lefilliâtre qui m'a interviewée. Il souffrait d'une fraîche déchirure des ligaments croisés du genou. Je le voyais cacher sa douleur pendant qu'il m'écoutait. J'essayais aussi de cacher la mienne. J'aurais voulu montrer une assurance tranquille pour raconter mon ancienne blessure. Je n'ai pas vraiment réussi. Il m'a confié que la situation le mettait mal à l'aise. Nous l'étions tous les deux. Nos histoires sont difficiles à dire et à entendre. La gêne est parfois le marqueur de la sincérité. Penser à son genou meurtri, à la pudeur qu'il mettait à faire comme si la souffrance n'était pas omniprésente, m'a aidée à lui parler. D'une certaine façon, ça nous mettait à égalité.

Jérôme et Anne nous ont laissées relire nos entretiens avant leur parution. Ils n'étaient pas obligés.

Nous avons appris à nos dépens à fuir ce que nous appelons entre nous les « interviews caleçons » : vous parlez pendant deux heures de votre expérience, des difficultés de la prise de parole, de l'effet du viol sur votre vie, sur vos proches, et à la fin il ne reste plus que les quelques minutes où vous racontez le moment où l'agresseur a baissé son pantalon.

Anne et Jérôme ont travaillé pendant deux mois dans le plus grand secret. Seule la rédaction en chef du journal était au courant. Les répétitions de la violence décrites dans le dossier du Major les ont estomaqués. « Les agressions sont si semblables qu'on pourrait superposer les histoires », dit Jérôme. Parmi les vingt-trois femmes du dossier, ils en ont choisi huit qui voulaient bien témoigner.

Vous en avez déjà croisé quelques-unes : Cécile, Stéphanie, Aude, Emmanuelle et moi. Chloé est la seule qui a gardé l'anonymat.

Deux femmes de plus se sont lancées du haut de la falaise de Macronissi dans le grand bain du témoignage public : Muriel Reus et Cécile Thimoreau.

J'avais vu Cécile T. à la rentrée 2021 (pour distinguer les deux Cécile l'une de l'autre, on ajoutera désormais l'initiale de leur nom lorsqu'il y aura ambiguïté). Elle m'avait invitée dans sa maison des bois à quelques kilomètres de Toulouse. Thierry, son compagnon, nous avait cuisiné un délicieux dîner végétarien. Tous les deux sont des adeptes de la communication non violente ; je me demande si c'est le secret de la réussite de leur couple.

Je me suis sentie en sécurité avec eux.

J'avais dormi dans la chambre de la fille de Cécile, d'un sommeil sans accident. Comme le disait mon fils, quand il était petit, pour évoquer les nuits les plus douces : « Parfois, tu te couches et c'est tout de suite le matin. »

La forêt que Cécile aime tant et dans laquelle nous avions marché tout l'après-midi avait embaumé mon réveil. Le feu dans la cheminée avait réchauffé la soirée passée à feuilleter les albums photo des années 1990, quand nous travaillions toutes les deux à TF1. Nous n'étions pas intimes et nous nous étions perdues de vue depuis vingt-cinq ans.

Cécile avait décidé de parler au Major après avoir lu mon témoignage dans *Le Monde*. Je l'ai découvert dans sa déposition. Elle s'y souvenait de moi comme d'« une belle jeune femme, terriblement anxieuse dès que Patrick Poivre d'Arvor l'approchait ou lui parlait ». Elle évoquait ce qu'elle appelait mon « calvaire ».

Au coin du feu, elle avait eu des paroles douces : « J'aurais dû comprendre. J'aurais pu te venir en aide. »

Comme l'autre Cécile, elle a raconté dans *Libération* comment les jeunes journalistes évitaient de s'attarder aux conférences de rédaction pour ne pas avoir à subir les questions intrusives du présentateur. Évidemment, ça ne concernait que les femmes, pas les hommes, qui pouvaient sans y penser participer à tous ces moments informels où circulent les informations capitales qui construisent les carrières.

Quand elle accepte l'invitation de Patrick Poivre d'Arvor à dîner, ça fait dix ans qu'elle travaille dans la rédaction. Elle a déjà fermement et clairement refusé ses avances. Elle est certaine qu'il a compris et renoncé. C'est le premier anniversaire de la mort de la fille du présentateur. Elle a de la peine pour lui.

Le soir convenu, elle va attendre la fin du *20 heures* dans le bureau de Fanny, la fidèle secrétaire. Elle y est accueillie par un « Pas toi, Cécile ! » auquel elle se sent obligée de répondre qu'il s'agit d'un dîner entre collègues et rien de plus. Fanny hausse les épaules : « Tu ne le connais pas ! »

Le présentateur écarte le restaurant : il préfère dîner chez lui, à l'abri des regards scrutateurs ; il se sent trop en deuil pour les affronter.

La suite, je peux la projeter. Trois ans plus tôt, je m'étais retrouvée exactement à la même place, dans la même situation.

Cécile se souvient, comme moi, qu'à peine le plat terminé, son regard a changé. Elle a eu plus de réflexes que je n'en ai eu.

Il lui a sauté dessus, l'a coincée contre la bibliothèque, s'est collé contre elle, a attrapé ses seins. Elle a menacé d'avertir toute la rédaction et a réussi à le repousser. Elle y a mis toute sa force.

Elle s'est sauvée.

Elle se souvient d'avoir eu du mal à ouvrir la porte, d'être restée un moment immobile dans sa voiture, enveloppée par la nuit, cherchant à calmer sa respiration haletante avant de mettre le contact.

Dès le lendemain, elle a raconté sa soirée à Robert Namias, le directeur de l'information. Aujourd'hui, il affirme qu'il ne se souvient plus de cette conversation mais qu'il ne peut pas dire, non plus, qu'elle n'a pas existé. Cécile, elle, se rappelle qu'il a répondu : « Il fait chier, il fait chier ! Je m'en occupe. »

Après ça, le présentateur n'a plus rien tenté avec elle.

Il a fait comme si rien ne s'était passé. Il était distant. La carrière de Cécile a stagné. Elle a fini par négocier un départ pour fuir un sentiment d'étouffement.

Elle ajoute que deux autres de ses supérieurs hiérarchiques l'ont agressée à TF1. Elle est fière d'avoir réussi à les repousser. Comme Patrick Poivre d'Arvor, ils avaient le double de son âge. Quand, au sommet de la pyramide du pouvoir, un homme harcèle et agresse ouvertement et impunément, son exemple est souvent suivi. Pourquoi se priver ?

Elle dit qu'elle a connu deux Patrick Poivre d'Arvor : celui avec lequel elle faisait des compétitions sportives et qu'elle ne trouvait pas dénué de gentillesse, et l'autre, qu'elle savait toxique et qui s'est révélé criminel.

Devant le Major, Patrick Poivre d'Arvor consentira « un jeu de séduction » avec Cécile, qu'il jugeait « mutine et vive ». Il a gardé « un bon souvenir » d'un « très chouette dîner » chez lui à la fin duquel il a « dû faire des avances légères ».

Comme nous toutes, Cécile a été prise de vertige au moment de parler publiquement. Elle a hésité avant de faire confiance à Anne et à Jérôme. Elle ne l'a pas regretté. Aucune d'entre nous ne l'a regretté.

Nos témoignages recueillis et rédigés, restait la question des images. Le service photo du journal a choisi de les confier à Jérôme Bonnet. Anne connaissait et appréciait ses portraits bruts et contrastés. Pour tous, la publication de témoignages comme les nôtres était une première. Personne n'avait de référence pour illustrer une enquête comme celle-ci, puisque personne n'en avait jamais réalisé, en France tout du moins.

Il fallait tout inventer.

À quoi doit ressembler une victime ?

Le genre a ses codes visuels : douceur floutée, les yeux dans le vague, mains tombantes, décor modeste et douleur contenue.

Échapper aux canons doloristes demande de l'inventivité.

Le mot « victime » pose déjà, en lui-même, des problèmes quasi insolubles.

Les critiques les plus acharnées du mouvement #MeToo y accolent l'épithète « autoproclamée ». Une proclamation, c'est solennel. On proclamerait une agression ou un viol, comme on proclame une république ou une Constitution. Et on le fait de son propre chef, ce qui suppose une vague illégitimité. Mais qui d'autre peut raconter, à part les victimes elles-mêmes ? S'autoproclamer, quel que soit le sujet, comporte un ridicule grandiloquent qui disqualifie d'emblée. Et une bonne remise en place de l'ordre patriarcal. La victime qui n'est pas autoproclamée, c'est celle qui se tait, celle qu'on peut ignorer.

Une variante, également hostile aux femmes qui parlent, c'est la « victime présumée ». L'adjectif insinue qu'elle ne l'est pas vraiment, qu'elle ment. Même sans aller si loin dans l'agressivité, « victime » tout court n'est pas une position enviable. Certaines d'entre nous refusent de s'y reconnaître.

Dans les cours de récréation, « victime » est une insulte. Ça veut dire être faible, être dans le camp des perdants, des dominés, des vaincus.

Combien de fois n'avons-nous pas entendu ce conseil, pour notre bien : « Ne t'enferme pas dans un statut de victime » ? Comme si on cherchait à rester coincées éternellement dans l'ornière du mauvais sort où la société fige celles qui subissent des violences et les disent. Comme si on devait être « victimes à vie », incapables de trouver notre chemin singulier pour surmonter la défaite. Comme si nous étions, pour toujours, immobilisées, sidérées et impuissantes.

La victime est censée provoquer la compassion, mais elle inspire plus souvent un mouvement de mise à distance. On s'éloigne. On ne veut pas s'identifier à son sort malheureux.

Celles d'entre nous qui ont le mot en horreur se protègent de la menace de la « posture victimaire » ; la formule accuse de profiter d'une pitié indue. D'autres estiment que s'assumer comme victime, c'est accepter une réalité qui marque le début de la reconstruction.

Il n'y a pas d'alternative satisfaisante. Les Américains utilisent le mot « *survivor* » pour positiver, au risque de l'emphase ; on le traduit un peu vite en français par « survivante », quand « rescapée » serait sans doute plus pertinent. Les tatillons préfèrent la version étroite et juridique de « plaignante », d'autres la précision clinique d'« accusatrice », qui, pour être sémantiquement exacte, flirte avec la délation et nous rapproche de l'idée que nous serions les procureures de notre propre histoire. « Ex-victime » convient mieux à certaines.

De la hargne à la réticence, l'usage du mot provoque un malaise qui interroge.

Est-ce que ça tient au fait que, s'il n'y a pas de victimes, il n'y a plus de coupables ?

Un tour de passe-passe de contes de fées, un mot magique qu'il ne faut pas prononcer sans quoi le dragon apparaît et le monde des ténèbres engloutit la féerie d'un commerce des sexes doux et respectueux.

Je n'ai, personnellement, pas de problème avec le mot « victime » à condition qu'il soit débarrassé des clichés de la défaite éternelle et de la soumission infinie, ainsi que des regards obliques.

Étrangement, les agresseurs sont les seuls qui revendiquent le statut de victimes sans se poser de questions.

Jérôme Bonnet a fait des portraits forts, des images frontales sans retouches, sans maquillage, sans décor, sans accessoires.

Nous n'avions pas oublié que, quand Patrick Poivre d'Arvor avait décidé d'utiliser ce qu'il dénoncera plus tard comme « le tribunal médiatique » pour s'innocenter, en s'invitant à l'émission *Quotidien*, il avait déclaré : « personne qui soit venu me dire, les yeux dans les yeux : ce que tu as fait n'était pas bien ».

Nous l'avons démenti, sans biaiser, sans séduction, sans sourire, face à face, le regard bien droit.

Plus tard, quand je lui ai demandé comment il avait conçu ces séances photo, Jérôme Bonnet m'a dit qu'il avait été guidé par un impératif : ne pas nuire. *Primum non nocere.* Les bons photographes et les bons journalistes ont, comme les médecins, un serment d'Hippocrate chevillé au cœur.

Par ses portraits, il était soucieux de ne pas rajouter de la violence à celle de nos récits et de leur exposition publique. Il redoutait que ses images nous blessent. Ça n'a pas été le cas.

La veille de la publication, en quelques heures, la maquette, l'édition, la direction artistique, la rédaction en chef, toute la chaîne de fabrication de *Libération* s'est surpassée pour sortir le meilleur journal possible. Lauren Provost a inventé une ingénierie numérique pour qu'on puisse lire sur le net l'ensemble de nos témoignages, trop longs pour l'édition papier.

Dov Alfon, le directeur de la rédaction, a rédigé l'éditorial, dont la dernière phrase nous a émues aux larmes : « Écoutons-les, respectons leur courage et leur dignité, et ne parlons plus jamais de zone grise dans cette lamentable affaire, qui n'est qu'une zone gigantesque et flagrante d'injustice. »

Anne Diatkine et Jérôme Lefilliâtre nous ont raconté l'élan collectif et la fierté des équipes.

Cette fierté, on la partage.

Jérôme dit que cette enquête l'a changé.

Il a toujours été sensible aux injustices, aux inégalités, mais sur la question de la discrimination de genre il avoue qu'il était « un peu endormi ». Avec nos récits, il a trouvé un concentré de la façon dont la domination s'exerce à l'abri du silence. Il dit : « J'ai compris ce qu'était la violence d'un individu sur un autre. J'ai progressé, pas comme homme, mais comme être humain. »

# Buffet froid

Le soir de la publication de la une « Scandale » de *Libération*, nous étions une vingtaine, réunies autour d'un buffet froid.

Un pur effet du hasard. Ou un cadeau du ciel pour ceux qui croient à la destinée. Le rendez-vous était fixé depuis plusieurs semaines afin que celles qui venaient de province puissent s'organiser. Quelques-unes de celles qui avaient témoigné devant le Major et que nous ne connaissions pas encore s'étaient jointes à nous.

Nous savions l'effet de la première fois. Nous connaissions le bouleversement de la sortie de la solitude.

Nous ne savions pas, au moment de la prise du rendez-vous, que notre histoire trouverait un nouvel écho.

Nous ne savions pas que *Libération* paraîtrait ce jour-là.

Nous étions presque accoutumées à l'indifférence. J'avais livré mon nom et mon histoire depuis neuf mois. Plusieurs dizaines de témoignages avaient été publiés dans différents journaux. Nous étions huit à avoir signé de nos noms la tribune du *Monde*.

Nous n'avons pas pris la mesure de l'impact de *Libération* avant de voir les réseaux sociaux s'enflammer.

Parmi les huit de *Libération*, Muriel Reus avait une place un peu à part.

Muriel a l'indépendance farouche et l'autorité incontestable.

Ce soir-là, elle était le cœur de la conversation. Non pas parce qu'on parlait d'elle, mais parce que c'était à elle qu'on s'adressait pour comprendre ce qui nous arrivait.

Son autorité a été repérée par la gendarmerie, qui l'a faite lieutenante-colonelle de réserve opérationnelle. Quand je l'imagine en uniforme, je me dis que l'habit ne peut pas être mieux porté.

Elle est droite, drôle et implacable.

Dans la stupéfaction de la découverte du dossier du Major, sa déposition m'avait fait rire même si je n'avais pas le cœur à ça. Elle avait du chien. La situation qu'elle décrivait était tellement incongrue que personne ne pouvait douter de son récit. Elle n'avait aucun intérêt à le faire, à part l'honnêteté et le désir de justice.

Ça faisait des années qu'elle disait autour d'elle qu'il lui était arrivé cette chose improbable de se retrouver dans le bureau de la vedette qui avait le pantalon aux chaussettes. Et que ça s'était passé en moins de temps qu'il n'en faut pour comprendre dans quelle situation de merde vous êtes.

Un coup du plateau.

Muriel n'avait rien d'une jeune groupie impressionnable. Elle était directrice adjointe d'une filiale de TF1, en connaissait la présidence. Les arcanes de la direction n'avaient pas de secret pour elle. Elle n'avait aucune curiosité pour le présentateur, ni pour le journal télévisé. À tel point qu'elle avait tout bonnement oublié de noter la première invitation qui lui avait été faite. Une des deux fidèles secrétaires de la vedette l'avait rappelée pour s'en étonner. Elle avait finalement consenti à venir assister au *20 heures* pour ne pas paraître discourtoise.

L'homme qui la recevait avait fermé à clef la porte de son bureau et essayait de se mettre le sexe à l'air. Inutile de dire qu'il ne lui avait pas demandé son avis.

Un instant, elle s'est demandé comment s'en sortir. Elle n'a pas eu peur. La peur, ce n'est pas ce qui caractérise Muriel. Il est impossible d'avoir plus de panache qu'elle. Elle a été stupéfaite. Elle n'a jamais tourné l'affaire du côté de la pantalonnade. Elle a compris que l'homme était dangereux.

Elle a trouvé la parade en menaçant d'en parler à Patrick Le Lay, le PDG de TF1, le patron de Patrick Poivre d'Arvor.

Dire à l'agresseur : « Tu vas avoir affaire à un autre homme plus puissant que toi » est, de toute évidence, une stratégie efficace.

Patrick Poivre d'Arvor a remonté son pantalon et fermé sa braguette. Muriel l'a trouvé pitoyable.

Patrick Le Lay, le patron, était, de toute évidence également, parfaitement au courant du problème.

« Il n'a pas osé aussi avec toi ! » a-t-il répondu à Muriel sans la laisser finir sa phrase quand elle a évoqué le fait d'avoir été conviée dans le bureau de la vedette après le journal du soir.

Je vois mal comment Patrick Le Lay aurait pu laisser passer. Il aimait beaucoup Muriel et ne doutait pas de sa parole. Ça s'est peut-être réglé d'homme à homme, comme il se doit.

Ce qui est certain, c'est que la présidence de TF1 était très précisément au courant du problème avec Patrick Poivre d'Arvor.

Patrick Le Lay est mort un an avant la plainte de Florence Porcel.

Interrogé sur le témoignage de Muriel, le présentateur a déclaré : « Je lui ai peut-être proposé de faire l'amour, mais pas de cette façon-là. »

# Une vieille histoire

À TF1, les alertes clignotaient de partout.

Patrick Poivre d'Arvor se comportait en tyran désinvolte et présomptueux qui maltraitait publiquement sa compagne, Claire Chazal.

L'histoire est connue de tous les Français de plus de 40 ans tant elle a fait les choux gras de la presse people pendant des années. On y voyait Claire défaite. Sa prostration et sa résistance lui avaient attiré toutes les sympathies.

Il a mis dix ans à reconnaître leur enfant. En attendant, elle ne s'autorisait pas à dire publiquement qui était le père. De son côté, il organisait des fausses photos volées, convoquait les paparazzi pour capturer les images de leur fils dans ses bras sous des ciels exotiques et gratuits (sa radinerie était proverbiale).

Les rumeurs circulaient sur d'autres violences. Il aurait déchiqueté sa garde-robe avec des ciseaux, pissé sur le canapé d'un rival. Je ne sais pas si c'est vrai ou pas. Ce que je sais, ce que tout le monde savait, c'est que la souffrance de sa compagne était exposée et massive.

Deux femmes incarnaient la réussite dans la France de TF1. Elles étaient belles. Elles gagnaient bien leur vie. Elles étaient présentées comme idéales dans les magazines : les femmes que les hommes rêvaient d'avoir à leurs côtés et beaucoup de jeunes femmes de devenir. On les voyait riches, célèbres et émancipées. Claire Chazal et Anne Sinclair.

Les deux ont supporté l'extrême de la domination. Elles ont dû avaler la mauvaise sauce, l'émulsion à base de violences sexuelles et du silence qui les protège. Peut-être que c'était vraiment ça, le modèle : des femmes exemplaires dont on mettait en scène la résistance au récit du viol.

Les deux en ont été victimes d'une façon particulièrement publique, cruelle, humiliante. La société réserve à la femme du violeur un sort infect. Alors que c'est à elle que le prédateur a le plus intérêt à mentir et à cacher son comportement, on suppose toujours qu'elle sait et qu'elle tolère. Elle passe pour forcément complice puisqu'elle n'a rien dit, quand on ne l'accuse pas d'avoir participé aux crimes. Les proches qui savent ne disent jamais rien à la compagne légitime. On ne l'avertit pas. Et si la manipulation est finalement admise, elle devient une oie blanche, une idiote bornée et crédule. Elle est considérée comme responsable de ce dont elle est, presque toujours, l'ignorante victime.

Dans tous les cas, la honte est garantie.

Anne Sinclair a fini par surmonter le choc avec élégance.

Après avoir soutenu son mari, Dominique Strauss-Kahn, quand il a été accusé de viol au Sofitel de New York, elle a dit l'emprise et le déni, les vingt ans de vie commune dont elle se demande s'ils n'ont pas été vingt ans de mensonges, « le fond de marmite où s'est mijoté le brouet poisseux ». « Je ne savais rien », écrit-elle dans *Passé composé*. Elle a eu « le sentiment de traverser des cercles de feu », de « courir sous les obus de cratère en cratère ».

Claire Chazal est une victime, comme nous. Pour elle aussi, le déni est l'option la moins coûteuse à court terme. Je comprends qu'elle fasse ce qu'elle peut pour sauver sa psyché et son fils.

Dans son autobiographie, *Puisque tout passe*, un chapitre panégyrique est intitulé « Patrick ». « Une relation passionnée et chaotique », l'inoxydable formule euphémisée des maltraitances bourgeoises. Elle le présente comme supérieur à elle en tout point. Il est décrit comme un être plus que parfait, « jamais dupe. Sauf, bien sûr, quand son œil se posait sur une femme qu'il aurait pu séduire ». Comme Florence, elle s'est abritée derrière la chimère amoureuse. Contrairement à Florence, elle est restée dans son abri.

Elle nous en veut d'avoir parlé. Elle se trompe de cible.

Le responsable de toute cette douleur, c'est lui d'abord.

Son environnement ensuite.

Dans *Dette. 5 000 ans d'histoire*, l'anthropologue David Graeber raconte une histoire du royaume du Bunyoro, en Afrique orientale.

Un couple qui cherche un village où s'installer veut se faire une idée de ses voisins. La première nuit, sous la tente, l'homme tape comme un sourd sur une peau de chèvre et la femme pousse des cris à fendre l'âme, comme si elle se faisait maltraiter. Le lendemain matin, personne ne pose de questions. Le couple remballe ses affaires et va voir ailleurs.

« Dans un village convenable, les voisins auraient dû faire irruption, maîtriser l'homme (...). Cette dispute conjugale serait devenue une affaire collective, qui se serait terminée par un règlement collectif. C'est ainsi que l'on doit vivre. Aucune personne raisonnable, homme ou femme, ne veut vivre dans un endroit où les voisins ne veillent pas les uns sur les autres. »

Dans le village de TF1, les maltraitances n'étaient pas feintes. Personne n'a posé de questions. Les voisins n'ont pas veillé les uns sur les autres.

La violence misogyne était servie par une organisation fondée sur l'abus de pouvoir, l'intimidation et le silence imposé. Elle était régulièrement exposée devant et derrière les caméras.

Quand j'ai commencé ma collaboration avec Patrick Poivre d'Arvor, en 1991, le journal télévisé arrivait après le *Bébête Show* de Stéphane Collaro. La première femme Première ministre française, Édith Cresson, y était moquée en panthère lascive rampant aux pieds de François Mitterrand qui l'avait nommée. La marionnette du président l'écartait dédaigneusement de la semelle de sa chaussure, histoire de rendre l'humiliation totale.

Nos viols sont issus de cette violence-là. De la violence de la remise à leur place des femmes, quelle que soit la place qu'elles ont dans la société.

Ces images qui passaient juste avant que le présentateur entre en scène étaient parfaitement cohérentes. Elles disaient aux femmes : Quoi que vous fassiez, vous serez et vous resterez un objet sexuel avili.

Je n'ai pas vu venir le danger.

J'étais instruite et féministe.

Plutôt que le spectacle vulgaire de comiques insultants, je retenais qu'une femme était à Matignon. Les métiers et les positions de pouvoir les plus exclusivement réservés aux hommes s'ouvraient. Le retour en arrière semblait inimaginable.

Mon père et ma mère étaient tous les deux des chercheurs scientifiques de bon niveau. Leurs carrières respectives avançaient d'un même pas. Ils méprisaient les paillettes et la télévision. J'y trouvais, moi, la rébellion prometteuse d'une vie qui démentirait la rigidité d'un milieu dont je dénonçais l'académisme élitiste.

J'ai été élevée dans l'idée que la dépendance économique des femmes appartenait à une époque révolue. On avait les mêmes droits formels que les hommes. Les combats grâce auxquels nous les avions gagnés nous semblaient admirables et passés. Je suis née trois ans avant les années 1970. Dans une école mixte, j'ai appris à lire, à écrire et à compter. Au collège, je savais qu'un homme public est enviable, quand une femme publique est paria. Je croyais qu'une fois énoncée, l'évidente stupidité de la formule la rendait obsolète. Pendant que je grandissais, les féministes bataillaient âprement et remportaient des victoires décisives. Nous avons cru qu'il suffisait de les suivre pour abraser les dernières scories qui freinaient l'inéluctable lissage des inégalités.

Je partageais avec beaucoup de femmes de ma génération une foi dans le progrès et l'universalisme. « Essentialiste » était une insulte, « différentialiste » une erreur. Je lisais plutôt Élisabeth Badinter qu'Hélène Cixous. J'en suis revenue.

Je ne me sentais ni inférieure ni si différente d'un homme. J'avais appris que la forme de nos organes génitaux ne s'incruste pas dans nos pensées. Comme journaliste, je voulais raconter l'époque, l'Histoire en train de s'écrire. Je ne voyais aucune raison de le faire avec un sexe, quel qu'en soit l'aspect.

On pensait que, à condition d'être compétentes et obstinées, on aurait les mêmes chances ou les mêmes déboires que les hommes. On surinvestissait le travail qui nous paraissait l'ultime terrain où se jouait la bataille de l'égalité.

Le harcèlement de rue était considéré comme un embarras marginal qu'il fallait apprendre à supporter. D'ailleurs, on n'appelait pas ça du « harcèlement » et on en parlait peu. On ne parlait pas du tout des exhibitionnistes qu'enfant on croisait régulièrement dans le métro. Je crois que c'est dans ces circonstances honteuses et vaguement effrayantes que j'ai vu un pénis en érection pour la première fois de ma vie. Le concept de continuum des violences sexuelles et sexistes n'avait pas été inventé (ou ne m'était pas parvenu). Le terme même de « violences sexuelles » renvoyait à des ruelles obscures et à des pauvres types forcément puants et avinés.

Nous étions la première génération née avec un accès facile à la contraception, débarrassée de la barbarie des avortements clandestins. On allait torse nu à la plage, comme les hommes. Je connaissais mon deuxième sexe sur le bout des doigts, ne négligeais pas mon clitoris. Je désirais ardemment, séduisais facilement, aimais joyeusement et me lassais de mes amants sans trop de culpabilité.

Je me voyais libre.

J'étudiais le droit et les sciences politiques. Un ami m'avait recommandée pour un remplacement d'été au service de veille d'actualité de la rédaction de TF1. J'y suis restée à la rentrée. Je travaillais après les cours et le week-end. C'était en 1989. Le mur de Berlin tombait en direct sous les assauts enthousiastes d'une Allemagne qui se réunifiait. L'Histoire passait dans le studio. Ça m'a fascinée. J'ai décidé que je serais journaliste.

Quand mes horaires croisaient les siens, Patrick Poivre d'Arvor me lançait des œillades mielleuses, des sourires avenants. Il posait ses sempiternelles questions intrusives dont on se moquait dans son dos. Je m'en foutais.

J'ai déserté la journée pour la nuit et le journal du matin. Je commençais à minuit. Je rédigeais une synthèse de l'actualité pour l'équipe qui arrivait vers 4 heures. Je restais jusqu'au journal de 7 heures et j'enchaînais sur mes cours. Enfin, si j'arrivais à garder les yeux ouverts... J'étais en décalage horaire permanent. Je m'endormais dans le métro, à l'université, chez mes amis.

Quand la DRH m'a appelée pour me proposer de travailler exclusivement pour le *20 heures* de Patrick Poivre d'Arvor, la perspective de pouvoir dormir la nuit a pesé dans la balance. L'importance de ce journal dans la rédaction aussi.

Je me méfiais pourtant.

Je redoutais un mauvais plan. Je ne voulais pas me retrouver coincée avec la vedette. Pour lever toute ambiguïté, j'ai demandé à ne pas être seule sur le poste. J'étais fière de la parade. J'avais l'impression d'avoir trouvé la façon d'assurer un rapport strictement professionnel.

La DRH a accepté mes conditions. On serait deux. J'ai dit oui.

La première guerre du Golfe tirait à sa fin, Saddam Hussein ordonnait à l'armée irakienne en déconfiture de quitter le Koweït.

Pour le présentateur, l'opération « Tempête du désert » a été l'occasion de franchir une marche de plus vers les hauteurs du star-système. Il apparaissait en héros sur les couvertures des journaux populaires : il avait aidé à exfiltrer un bébé français bloqué à Bagdad et en faisait une grande publicité.

La gestion de son image lui demandait désormais un temps qu'il ne consacrait plus à l'écriture du journal.

Il lui fallait des petites mains pour le rédiger mais il ne voulait pas que ça se sache.

Au bout de quelques semaines, la jeune journaliste en tandem avec moi sur le poste a jeté l'éponge.

Ce que j'avais voulu éviter est arrivé : j'étais seule.

L'après-midi, une fois l'ordre des sujets établi après la conférence de rédaction, je m'installais près du studio pour écrire le prompteur que Patrick Poivre d'Arvor allait découvrir à l'antenne. En face de moi, le réalisateur du journal, Jacques Asline. Il assistait quotidiennement aux colères de la vedette. Il était gentil. Il me signalait parfois une information qui méritait une brève. Mais surtout son sourire compréhensif m'aidait à me regonfler quand le poids du bulldozer narcissique de l'antenne m'écrasait.

Je ne voyais pas l'écran de son ordinateur.

Quelques années après mon départ pour LCI, la police a signalé à la direction de TF1 une adresse IP vers laquelle convergeait un flux important d'images pédocriminelles. Jacques a été pris la main dans le sac, ou plutôt les yeux sur des tortures d'enfants. Il a été viré. Je l'ai appris en même temps que son suicide quelques mois plus tard.

J'avais la vingtaine. Je travaillais dans un environnement sexuellement violent.

Gérard Louvin (accusé de viols sur mineurs) : classement sans suite. La direction avait été informée que le producteur embarquait des adolescents qui n'avaient rien à faire là, dans les avions privés de l'entreprise. L'alerte n'avait pas été prise au sérieux.

Nicolas Hulot (accusé de viols et agressions sexuelles) : devrait vraisemblablement échapper aux poursuites grâce à la prescription.

Jean-Jacques Bourdin (accusé de harcèlement et agression sexuelle) : classement sans suite pour prescription.

Olivier Duhamel (accusé d'inceste) : classement sans suite pour prescription.

Tous ceux-là ont été employés par le groupe TF1.

Des mâles dominants imposaient leur sexualité destructrice en toute sauvagerie.

Les accusations, les alertes, rien n'a entamé l'impunité.

Je me croyais forte et libre.

Les mauvaises manières de la vedette avaient au moins un effet positif : je n'avais plus à me protéger de ses avances. Toute trace de drague avait disparu. Pas seulement parce qu'il piquait des crises. Aussi parce que, sans moi, il n'y avait pas de journal. Il pouvait bien fanfaronner, une grande partie des mots qu'il prononçait devant ses millions de téléspectateurs, c'étaient les miens. La seule chose à laquelle je ne touchais pas, c'était la politique. Il écrivait cette partie-là presque toujours lui-même. Il n'écrivait que ça la plupart du temps.

Je continuais quand même à éviter son bureau et les tête-à-tête.

On partait faire le journal en direct du Festival de Cannes le jeudi en avion privé. Il disparaissait dès le générique de fin. Je me gavais de cinéma et je rentrais le dimanche. Un hélicoptère me prenait au bout de la Croisette et me déposait à l'aéroport de Nice. Je peux me douter aujourd'hui de ce qu'il faisait quand il disparaissait. Marie-Laure a été violée pendant un Festival. Je sais aussi qu'une entreprise qui paye l'avion privé et l'hélicoptère à une assistante est une entreprise folle d'argent facile. Je ne sais pas si les deux sont liés.

Il incarnait la séduction à la française. Il draguait les plus belles actrices en direct. Il invitait Sharon Stone à dîner à l'antenne. Ça faisait deux sujets à raconter dans les gazettes : l'audace du mâle, et le dîner a-t-il bien eu lieu ? Comment Sharon Stone aurait-elle pu refuser sans se ridiculiser ? la question n'a jamais été posée.

Il interrogeait Isabelle Adjani sur ses ressentis lors des scènes de nu.

Le jour où Béatrice Dalle l'a mouché en plateau en lui disant : « Et vous, vous voulez que je parle des lettres que vous m'écrivez ? », j'ai adoré cette femme pour toujours. Elle était indocile. Elle avait volé des bijoux. Elle avait mis une condition à sa venue au *20 heures* : qu'on n'en parle pas. Elle était là pour faire la promotion d'un film. Elle venait parler de son travail d'actrice. Il avait accepté ses conditions.

Il n'avait aucunement l'intention de tenir ses engagements.

Il m'a demandé d'aller la voir, de prétendre que c'était moi qui m'étais engagée au téléphone à ce qu'on ne parle pas de cette affaire et que j'avais oublié de le lui dire. Je ne voyais pas du tout comment me livrer à cette acrobatie mensongère. Je ne l'ai pas fait. J'aurais dû. Elle aurait compris. J'ai vu Béatrice Dalle entrer sur le plateau du journal comme dans l'arène du patriarcat. Elle s'y est battue avec fierté.

Le soir où Patrick Poivre d'Arvor m'a invitée à dîner, ça m'a surprise.

Ça faisait des mois que je travaillais quotidiennement et uniquement pour lui. On ne s'était jamais vus en dehors du boulot. On s'entendait mal. Je me suis dit que partager un repas dans la maison familiale ne pouvait pas être ambigu, qu'il cherchait à arrondir les angles, que j'étais à côté de la plaque à m'imaginer autre chose. Depuis que j'ai parlé, on m'a beaucoup demandé pourquoi j'y étais allée. On ne poserait même pas la question si j'étais un homme.

Il m'a reçue dans un rez-de-chaussée un peu enterré, un demi-sous-sol. Il n'y avait pas de famille. Nous étions seuls dans une sorte de studio qui devait lui servir de bureau.

Il a réchauffé un méchant plat de pâtes. La mémoire est d'une étrange fluidité. J'ai oublié certains détails de ce soir-là. Pas les pâtes et les gros morceaux d'aubergine spongieux qui les accompagnaient. Le souvenir de l'aspect et du goût de mon assiette est resté. Je me souviens d'avoir trouvé cavalière la modestie du repas.

J'ai compris au bout de vingt minutes que j'avais fait une grossière erreur d'appréciation de la situation.

Après, j'ai su l'effet de la cruauté humaine. Le viol est un crime de cruauté. De ceux qui sont tellement dégueulasses qu'il est difficile de les regarder en face sans dégâts psychiques.

Je l'ai vécu comme une expérience ultime de la soumission. Stéphanie m'a demandé de répéter cette phrase : « Savoir de soi qu'on est capable de cette soumission-là est une douleur persistante. »

Comment aurais-je pu en parler ? À qui ?

J'étais amoureuse. D'un journaliste de la rédaction, Jean-Marc Pillas, qui allait bientôt devenir le père de mon fils et qui sera, dans toute cette histoire, d'un soutien sans faille.

Si je lui en parlais, je le mettais dans une impasse. Il ne pourrait plus continuer à travailler à TF1. Aucun honneur d'homme ne peut s'écraser au quotidien devant le violeur de sa femme.

On ne parle pas pour se protéger, et aussi pour protéger son environnement.

Parler, c'est toujours mettre en danger les relations avec ceux qu'on aime.

Le silence s'étend par contamination.

Pour certaines, quand elles ont parlé, les proches ont été d'un très médiocre soutien et parfois même hostiles. Ma famille a été impeccable.

Parler, à l'époque, c'était le suicide professionnel et personnel garanti.

Se faire pulvériser n'était pas un fantasme paranoïaque, mais le mur du réel. Aucune de celles qui ont été violées à TF1 ne s'y est risquée. Pas par lâcheté mais par instinct de survie.

Il n'y avait pas d'espace sécurisé.

J'étais tout en bas de l'échelle, lui tout en haut. Si d'aventure quelqu'un avait eu l'inconscience de prendre mon parti, il aurait été pulvérisé aussi.

Il était une vedette nationale, j'étais une jeune débutante inconnue et sans appuis. Qui peut croire que l'on ne m'aurait pas détruite pour protéger celui que mon employeur considérait comme la poule aux œufs d'or, et la France comme un parangon de séduction ?

J'aurais été la profiteuse et lui le séducteur. La faiseuse d'emmerdements hystérique dont la mauvaise réputation aurait traversé toutes les rédactions.

On lui passait tous ses caprices.

Ses excès de cupidité étaient sanctionnés lourdement par la justice, symboliquement par la chaîne. La directrice de la rédaction, Michèle Cotta, qui avait osé le défier avait été virée sur-le-champ.

Parler, c'était la certitude de passer pour une hystérique demi-pute qui veut se faire mousser. C'est encore, à peu de chose près, ce que me servent les ragots acides vingt-huit ans après.

Plus d'un an après mon témoignage dans *Le Monde*, un puissant responsable de la rédaction de l'époque a pris la peine de m'appeler. Il voulait m'assurer que, si je lui avais parlé, il m'aurait crue et aurait eu le pouvoir d'écarter Patrick Poivre d'Arvor. Avec des « si », on mettrait Paris en bouteille. Une uchronie est une fiction à partir d'un fait historique et réel (ici, le viol). Celle-là est rassurante pour celui qui se la raconte. Elle lui permet de rester dans un rêve de virilité, dans le rôle stéréotypé et valorisant du chevalier au service des plus faibles. Elle permet aussi de faire retomber sur la victime l'entière responsabilité de son silence.

Ça a pris du temps mais, à présent, cet homme me croit.

Moi, je ne crois pas à sa fiction.

J'ai eu raison de me taire.

Aujourd'hui encore, alors que la vedette est tombée de son piédestal, toutes celles d'entre nous qui travaillent dans des rédactions de télévision ont été menacées de sanctions pour avoir témoigné.

Une autre difficulté à laquelle sont confrontées celles qui parlent vient des professeurs de renoncement, ceux qui s'inquiètent pour vous et qui vous demandent s'il ne serait pas temps de passer à autre chose, de tourner la page, d'aller de l'avant et cesser de vous morfondre.

Comme si l'impunité affichée, revendiquée comme un trophée, par celui qui n'a rien à craindre de personne, et surtout pas de la justice, pouvait ne pas devenir un problème collectif. Comme si ça ne posait pas la question du fonctionnement du pouvoir.

C'est la base du combat qui nous soude toutes.

On n'est pas toujours tout à fait d'accord sur les moyens de gagner. Certaines d'entre nous sont de gauche, d'autres de droite. Mais, sur le fond, nous sommes absolument alignées. C'est notre force.

Patrick Poivre d'Arvor a été couvert d'or, de prestige et d'honneurs pendant qu'il nous agressait et nous violait.

Nous payons pour l'avoir dit. Renoncer maintenant serait accepter la loi du plus fort et le sacrifice vain de nos réputations.

Je ne me souviens pas du tout des jours après le viol. Ils ont totalement disparu. Je me souviens d'avoir décidé que je ne pouvais plus travailler avec lui, qu'il fallait que je m'éloigne. Je me souviens d'avoir essayé de faire en sorte qu'il me nuise le moins possible.

Quand je lui ai annoncé que je voulais arrêter notre collaboration, il a répondu « Très bien » d'un air courroucé.

Il a fait le tour des gens qui comptaient pour leur expliquer que j'étais mauvaise professionnellement.

Je l'ai compris quelque temps plus tard quand la direction m'a expliqué que je n'avais pas d'avenir dans le métier.

Je n'étais pas de cet avis.

Je me suis protégée comme j'ai pu.

Virginie Despentes a cette phrase magnifique : « J'ai fait du stop. J'ai été violée. J'ai refait du stop. »

Je suis partie pour LCI.

## « Trouve-toi un mec riche »

Je ne croisais le présentateur vedette qu'en de rares occasions, mais j'ai eu peur de lui pendant des années.

Les premiers temps de LCI ont été, pour tous ceux qui y ont participé, riches d'inventivité joyeuse. On cherchait les codes de l'information en continu à la télévision. On tâtonnait, on essayait. On travaillait beaucoup. J'aimais ça.

Je me suis mariée. Mon premier enfant est né.

La vie était intéressante.

Quand j'ai voulu faire de l'antenne, les techniciens sacrifiaient leur pause-cigarette entre deux JT pour que je puisse m'entraîner. La plupart d'entre eux avaient été en régie sur les *20 heures* de TF1. Ils m'avaient vu résister comme je pouvais. J'ai gardé au cœur une infinie reconnaissance pour ces clopes transformées en soutien chaleureux.

Mes patrons me trouvaient « trop lisse » ou « pas assez lisse », sans que je comprenne jamais vraiment ce qu'ils voulaient dire, sinon que je ne correspondais pas à leurs canons de beauté.

Mon système pileux a pris une importance démesurée. Presque tous les jours, j'avais des réflexions sur la longueur de mes cils. Mon premier patron n'aimait pas les cheveux des femmes, un coiffeur du studio me les a coupés court. Un autre trouvait qu'une femme, « c'est un décolleté et des cheveux longs », les miens avaient eu le temps de repousser.

L'antenne impliquait une heure quotidienne de coiffure/brushing/maquillage/démaquillage, sans quoi vous n'étiez pas crédible.

J'ai présenté quotidiennement les journaux pendant une quinzaine d'années, jusqu'en 2011. Soit 3 420 heures uniquement occupées à ma parure (sans compter les gommages, épilations, soins divers, choix de garde-robe, etc.).

Je vous épargne le calcul incluant la durée légale du travail, je l'ai fait pour vous : j'ai consacré l'équivalent de deux ans, à temps plein, à ma peau et à mes cheveux.

C'était en plus. Évidemment non rémunéré.

Les hommes n'avaient quasiment rien à faire. Et ils ne voyaient pas le problème. Quand je m'en ouvrais autour de moi, on me disait que j'avais bien de la chance d'avoir une équipe de maquilleurs et de coiffeurs à ma disposition. Et, effectivement, heureusement qu'ils étaient là pour prendre en charge la mise en conformité de mon apparence. Je leur laissais une totale liberté.

Les jugements sur notre physique étaient présentés comme essentiels. Ils étaient permanents. « On n'attrape pas des mouches avec du vinaigre », me disait mon patron.

J'oublie la rivalité institutionnalisée entre présentatrices. La jeunesse et les yeux clairs étaient des étalons incontournables. Les tempes grises et les rides donnent aux hommes du sérieux, quand les femmes ne sont jamais assez fraîches et souriantes. J'ai essayé de compenser en creusant l'histoire du conflit au Proche-Orient, la Constitution de la Ve République ou les jeux de pouvoir au Kremlin. L'atout a compté, même s'il était de peu de poids : fondamentalement, mon intelligence ou mes compétences avaient moins d'importance que la forme de mon menton. J'étais toujours trop belle ou trop moche.

Dans une franche ambiance de virilité dominatrice débridée, on me demandait : « Tu connais pas des seins qui parlent ? J'ai besoin d'une présentatrice pour une émission d'histoire. »

J'entendais une conversation de consœurs être comparée au « bal des ménopausées ».

« Toi, c'est le fluide qui te va. Tu devrais porter plus de fluide », me disait ma direction.

Je retrouvais une collègue antillaise en larmes à la machine à café. Elle venait de s'entendre dire : « Toi, t'es molle comme une fille des Îles. »

Une autre avait « une bouche à pipe ». J'ai banni définitivement le rouge à lèvres de ma vie.

Un 8 mars, pour la Journée des droits des femmes, j'ai rappelé à l'antenne les différences de salaire entre hommes et femmes au niveau national, et celles à LCI, encore plus élevées. J'ai immédiatement été convoquée par la direction, qui m'a dit : « Mais pourquoi tu me fais ça ? Je les aime, moi, les femmes ! » J'ai été menacée d'une sanction qui n'est jamais tombée. Je n'ai pas recommencé.

Un jour où j'avais rassemblé mon courage pour aller demander une augmentation, la direction a traversé son bureau pour me donner un conseil, un vrai, qui venait du fond du cœur : « Ça ne marche pas comme ça, le fric. Trouve-toi un mec riche. » J'en suis restée débectée. Je n'ai rien su répondre.

Je me suis longtemps posé la question de ma complicité dans ce système profondément discriminant. Ce sont les réflexes culpabilisateurs qui assurent l'homogénéité de la solution.

Dans la lutte contre le dérèglement climatique, on répète qu'il n'y a pas de planète B. Il n'y a pas, non plus, de société non patriarcale accessible. Partir vivre chez les Mosuo de Chine ou les Minangkabau d'Indonésie n'est pas une option réaliste.

Alors, on s'adapte.

On plie et on résiste dans un même élan.

Jusqu'au moment où le jeu devient répétitif, lassant et stérile.

# IMPUNITÉ

J'ai fini par déserter. J'avais quitté le monde du journalisme de télévision depuis une dizaine d'années quand Florence Porcel a porté plainte.

# « Je veux des viols »

Treize ans après le licenciement tumultueux de Patrick Poivre d'Arvor, nous voilà donc.

Nous sommes arrivées dans l'actualité comme une blessure collective pour TF1.

Plutôt que de panser la plaie, de s'interroger honnêtement sur son origine pour empêcher les récidives, en 2021, dans l'entreprise, dans ses filiales et chez ses sous-traitants, on a choisi de nous ignorer aussi longtemps que ça a été possible, puis de nous blâmer et de menacer de sanctions celles qu'on avait sous la main.

Ce choix est le fruit d'un calcul stratégique et culturel, d'une obstination à écrire les grands nombres en chiffres romains. Une solidarité de dominants qui feignent d'ignorer les chiffres arabes et qui finissent par obtenir un résultat erroné et absurde. La paresse à décoller les couches de papiers peints de contes de fées y est peut-être pour quelque chose. L'intérêt à cacher sous le tapis les miettes du festin dont s'est régalée la chaîne qui fut une des plus puissantes d'Europe aussi.

Prendre au sérieux nos témoignages, réfléchir à ce qui aurait pu empêcher le siège de TF1 de devenir un lieu criminel, n'a pas été l'option retenue. S'excuser sincèrement pour les violences qui y ont été commises, essayer de les réparer, était envisageable. Pourquoi ne pas avoir essayé ?

Ça reste un des mystères irrésolus de cette affaire.

Une des grandes perversions du capitalisme financiarisé, c'est la privatisation des profits quand tout va bien et la mutualisation des pertes en cas de crise.

Dans les violences sexuelles, la mécanique est tout aussi perverse mais un peu différente. Tout va bien quand les victimes se taisent. Elles encaissent seules les pertes, c'est-à-dire la honte et l'auto-dénigrement. En cas de crise, quand un scandale éclate, on neutralise la défense de l'agresseur : l'entourage rappelle son prestige et son aura comme un brevet d'innocence.

Les représailles contre les victimes sont la norme. La répulsion sociale est grande et sincère à l'égard du viol. La répulsion sociale à l'égard de celles qui le rendent apparent, de celles qui parlent, l'est tout autant.

Avant de témoigner dans *Le Monde*, j'avais appelé des amis toujours dans la rédaction de TF1. On avait débuté ensemble, partagé des bouts de chemin professionnel.

Aucun n'a mis en doute mon récit. « Je ne tombe pas de l'armoire », m'a dit l'un d'eux quand je lui ai raconté ce qui m'était arrivé.

Aucun n'a voulu ou n'a pu me soutenir publiquement. Aucun d'eux n'a prononcé en public cette phrase que tous m'ont dite en privé : « Je te crois. »

Dans leurs très rares déclarations dans les médias, les huiles de la chaîne ont jugé que cette affaire n'est pas embarrassante pour TF1. Ils ont invoqué une vieille histoire dont tous les protagonistes ont disparu. Comme si nous, les victimes, n'étions pas à compter parmi les protagonistes. Comme si nous avions disparu au même titre que les anciens dirigeants décédés. Comme si la personne morale de TF1 n'existait plus.

« Je ne savais pas », répètent-ils tous quand ils sont interrogés sur le comportement de l'ancienne vedette.

Ils ne savaient pas quoi exactement ?

Que la plus puissante rédaction de France a abrité pendant des décennies des dizaines de viols et d'agressions sexuelles ?

Ou que les jeunes recrues y étaient exposées, si elles étaient des femmes au goût du présentateur tout-puissant, à un harcèlement qu'on appelait « de la drague » et dont on les laissait se protéger seules ?

On peut dire qu'on ne savait pas, qu'on n'a pas vu les viols, même si, maintenant, on sait.

Mais on savait, tout le monde savait, que le présentateur avait un comportement délirant avec les jeunes femmes.

Les raisons qui scellent l'omerta de TF1 sont-elles à chercher du côté de ce qu'on savait sans savoir, de ce qu'on voyait sans voir ?

Dire qu'on ne savait rien, c'est ne pas être comptable des crimes qui se sont déroulés sous son nez, rester dans l'innocence du privilégié, celui qui ne risque rien, qui n'a jamais rien risqué et qui, tranquillement, peut ignorer le mal qui ne le concerne pas.

Au commencement de l'affaire, la plupart des responsables de la grande époque de TF1 se sont planqués. Quand la pression médiatique est devenue trop grande, ils (ou elles) ont eu un discours presque unanime : le même que celui de l'agresseur.

La version du séducteur universel devant lequel les femmes se pâment toutes. La présomption irréfragable de consentement qu'on accorde aux hommes haut placés.

Au mieux, ils (ou elles) lui reconnaissaient « un côté un peu balourd ». Ils (ou elles) répétaient : « Patrick était un don Juan, un séducteur invétéré. Il avait ce qu'il voulait. Il n'a jamais eu besoin d'avoir recours à la violence. »

Ils (ou elles) n'avaient rien vu, rien su, rien entendu.

Nous étions toutes des menteuses animées d'intentions malsaines, des sournoises en quête de notoriété, des ratées vengeresses.

Ils (ou elles) refusaient que leur nom soit cité.

L'anonymat avait changé de camp. Pas la honte.

Ça résonnait douloureusement.

En vingt ans à TF1 et LCI, j'avais connu presque tous ceux qui m'accablaient.

En revanche, je ne connaissais pas encore tous leurs héritiers, les dirigeants actuels.

Nos témoignages posent la question de la responsabilité de la chaîne.

Qui était responsable de notre sécurité, de celle des employés et même de celle des visiteurs, ou plutôt des visiteuses ?

Qui est responsable de notre silence ?

Jusqu'à la publication de nos témoignages dans *Libération*, la chaîne a tenté la stratégie de l'ignorance et du mépris.

Après avoir offert une longue tribune à Patrick Poivre d'Arvor dans l'émission *Quotidien*, il n'y a quasiment pas eu un mot sur nous à l'antenne pendant neuf mois, sauf pour annoncer le classement sans suite.

Nous étions ramenées à notre insignifiance.

Après *Libération*, le silence de TF1 sonnait comme un parti pris trop flagrant. « Il y a un silence qui ment », écrit Victor Hugo. Le même silence que celui des familles incestueuses, que celui de l'Église qui conspue les victimes et protège les prêtres criminels pour défendre l'institution.

Dans le tourbillon qui a suivi la publication de nos témoignages à visage découvert, il a fallu s'organiser. Nous avons regroupé les demandes d'interviews et nous sommes partagé la tâche d'y répondre. Personne n'a tiré la couverture à soi. En réalité, personne n'avait envie de la couverture. D'autant que la rengaine des professeurs de renoncement battait son plein : « Ne t'enferme pas dans cette histoire. Tu vas être identifiée à ça. C'est mauvais pour ta carrière. »

Cécile D. centralisait les demandes. Elle se débattait dans un divorce difficile, jonglait avec les gardes d'enfants et les entretiens d'embauche. Un jour, elle a écrit : « Je peux pas venir aujourd'hui, j'ai fait un AVC. » On a eu peur. Elle s'est remise mais l'alerte avait été sérieuse. On frôlait les limites de ce que chacune pouvait encaisser.

Depuis, on a appris à répondre aux pics médiatiques. Mais au début on discutait des articles ou des émissions à faire ou à ne pas faire.

Pour mettre tout le monde d'accord, nous avons choisi de répondre à une seule invitation, celle de *C Politique*, l'émission de France Télévisions.

Un plateau en direct, une fois, et on retrouve nos vies d'avant (croyait-on).

Les plus expérimentées, celles qui avaient l'habitude de la télévision, parleraient pour les autres. Nous étions quatre dans ce cas : Emmanuelle, Cécile D., Muriel et moi. À nos côtés, Jérôme Lefilliâtre de *Libération* et Marine Turchi de *Mediapart* pour raconter les difficultés à enquêter sur des hommes puissants et sur le système qui les protège.

Le journaliste, Thomas Snégaroff, a été précis et délicat.

L'émission a fait de l'audience et du bruit.

Quelques jours plus tard, TF1 se résignait à accueillir nos témoignages : un reportage était programmé dans l'émission du dimanche soir, *Sept à huit*.

Ma question « Quelle est la responsabilité de TF1 dans cette affaire ? » a laissé pantois le journaliste chargé de nous contacter pour nous convaincre de parler devant sa caméra.

Il m'a conseillé d'appeler son supérieur hiérarchique, qui en savait sans doute plus que lui sur le sujet.

Le Supérieur Hiérarchique a bombé le torse si fort que ça s'entendait au téléphone. Ce reportage, c'était son idée. Il insistait sur le courage dont il faisait preuve.

Comme j'insistais de mon côté pour avoir une réponse à ma question, le Supérieur Hiérarchique m'a expliqué qu'il y avait beaucoup de #MeToo, alors, celui-là ou un autre...

Dans la série des conversations que j'ai eues par la suite avec les grands et moins grands chefs de la chaîne, celle avec le Supérieur Hiérarchique m'a fait comprendre d'emblée qu'il allait falloir s'armer de patience, d'une très grande tolérance au surplomb et de quelques outils rhétoriques solides.

Une amie avait fait un stage chez les officiers du GIGN spécialisés dans les négociations avec les preneurs d'otages. Elle en avait retenu deux techniques, que j'ai appliquées de mon mieux. La première, c'est de ne jamais prononcer le mot « non » pour prévenir la fermeture obtuse de la discussion. La seconde : toujours répéter les derniers mots de son interlocuteur afin de capter son attention avant d'enchaîner sans le braquer.

« Oui, des #MeToo, il y en a beaucoup. Celui-ci a quand même un sens particulier puisque le reportage auquel vous me proposez de participer va être diffusé sur la chaîne où nous avons travaillé tous les deux, mon agresseur et moi, celle pour laquelle vous travaillez, vous aussi. »

Je pouvais faire confiance au Supérieur Hiérarchique, me dit-il. Le Grand Chef et le Chef Intermédiaire me diront la même chose. La confiance semble être une ressource inépuisable et peu coûteuse dans les hauteurs de TF1.

Il n'avait pas la réponse à ma question mais les techniques du GIGN ont porté leurs fruits. Il s'est adouci au point de se confier sur les témoignages qu'il voulait obtenir.

« On ne va pas se mentir, m'a-t-il dit dans une confraternelle complicité. Je veux des viols. »

J'ai décidé de ne pas témoigner.

Ma question exigeait un interlocuteur plus autorisé.

J'ai envoyé un message au Grand Chef.

Il m'a renvoyée au Chef Intermédiaire.

J'ai vu le Chef Intermédiaire.

Je n'ai pas eu de réponse.

J'ai rappelé le Grand Chef.

On a fini par se voir.

Les deux rendez-vous avec les Chefs ont eu lieu hors les murs, dans des cafés parisiens.

Les Chefs, Grand et Intermédiaire, sont venus, chaque fois, accompagnés d'une femme subordonnée. Je suppose qu'ils imaginent qu'une femme, c'est mieux pour parler à une femme, surtout de violences sexuelles. Comme si ça ne les concernait pas vraiment, pas directement.

La femme était chargée de m'expliquer les nouvelles procédures mises en place à base de « Référents ».

« Tolérance zéro », répétaient les Chefs, qui ne semblaient pas maîtriser complètement les obligations légales et les règles organisationnelles de l'entreprise sur le sujet. Le Grand Chef et le Chef Intermédiaire juraient d'une même voix que nous parlions d'un vieux monde englouti, que tout avait changé, qu'on ne laissait plus un prédateur faire sa loi.

Dans les écoles de journalisme, une des premières leçons est consacrée à l'enseignement de la règle de proximité, qu'on appelle aussi « la mort au kilomètre » : plus un événement est proche du public, dans l'espace ou dans le temps, plus il est intéressant. Un mort dans votre rue est une actualité plus notable que cent morts dans une mine de charbon chinoise. Ce qui s'est passé il y a une heure compte plus que ce qui s'est passé il y a cent ans. La thèse de « la vieille histoire » sera sans cesse rappelée pour éloigner le problème et tenter de diminuer l'intérêt public pour l'affaire.

De toute évidence, il était important de me convaincre que de telles horreurs ne pourraient plus se produire. Je ne suis ni juge ni inspectrice du travail ; on frôlait le hors sujet. Depuis l'enquête du Major, ils n'ignoraient plus rien de l'ampleur et du caractère systémique des violences sexuelles à TF1, ni du danger et de la discrimination auxquels les femmes qui travaillaient dans le groupe avaient été exposées. C'est une dimension de l'affaire qu'ils peinaient pourtant à envisager.

J'ai voulu savoir quel raisonnement les avait amenés à inviter Patrick Poivre d'Arvor à *Quotidien*. Ils m'ont répondu : « Vous voulez qu'on batte notre coulpe ? Cette émission vous a décidée à témoigner devant les enquêteurs. De quoi vous plaignez-vous ? Vous voyez bien, ça a été utile ! »

J'étais accueillie comme un caillou dans une chaussure.

La pertinence d'une enquête interne leur échappait bien que deux victimes, toujours employées de la chaîne, nous aient confié que la peur d'être mal vues au travail les empêchait de parler.

Les viols commis depuis mars 2007 ne sont pas prescrits. Le présentateur a été licencié durant l'été 2008.

La peur de découvrir un nouveau crime semble l'avoir emporté sur toute perspective de justice et de vérité.

Effacer les violences sexuelles du tableau général de l'entreprise a été leur préoccupation majeure.

« C'était un loup solitaire », m'a lancé dans un cri une très vénérable et importante célébrité de la communication politique qui conseille TF1.

Pendant toute la préparation du reportage, les réseaux du « loup solitaire » se sont mobilisés pour nous décrédibiliser les unes et les autres, surtout celles dont il savait qu'elles dépendaient économiquement de la chaîne. Avec un certain succès.

Faire appel à la figure du monstre ou du malade, déshumaniser le criminel, est un grand classique de l'invisibilisation des violences systémiques. Nous sommes trop nombreuses, nos récits sont trop concordants pour que le dénigrement de chacune d'entre nous reste crédible. L'étape d'après, c'est ce que Colette Guillaumin (*Sexe, race et pratique du pouvoir*) décrit comme la mécanique de la « bavure individuelle, psychologique ou circonstancielle (comme une bavure de police) ». Comme si TF1 n'avait pas armé notre agresseur, lui offrant le cadre, le statut, les moyens qu'il a utilisés pour nous violer.

Le Grand Chef, le Chef Intermédiaire et le Supérieur Hiérarchique étaient très soucieux du contradictoire, c'est-à-dire de donner la parole à celui que nous accusons.

Ni Patrick Poivre d'Arvor ni ses avocats n'ont voulu s'exprimer dans le reportage.

Qu'à cela ne tienne, une flopée de témoins viendront assurer sa défense.

La présomption d'innocence sera martelée. Les avantages de la prescription aussi. On n'avait qu'à parler plus tôt. Les mentalités ont évolué. La justice n'a rien à lui reprocher. Dans la rédaction de TF1, on se souvient d'un homme charmant qui n'aurait jamais contraint personne. Un procureur qui n'a jamais vu le dossier affirmera, du haut de son autorité de magistrat, que nos témoignages n'évoquent que l'amertume. Et puis ces viols (dont celui d'une lycéenne de 16 ans exposé dans le reportage) ne sont-ils pas un malentendu sur le consentement ? Nous ne sommes jamais désignées comme des victimes ni même des plaignantes, mais comme des accusatrices.

L'empathie de la direction s'est exprimée brièvement. Un texte lu à l'antenne par une voix sépulcrale : la direction était « sensible à nos souffrances ».

La forme absurdement désincarnée du message était glaçante. Sa lecture a duré à peine une vingtaine de secondes.

Vingt secondes pour régler des décennies de prédation sexuelle.

Vingt secondes pour effacer la violence et la discrimination.

Vingt secondes pour évacuer la responsabilité de l'entreprise.

Au moment où j'écris ces lignes, c'est toujours la seule et unique réaction officielle de TF1.

Le reportage a été diffusé sans communication en amont. Nous sommes arrivées à l'antenne après le rush dans les grands magasins et une bûche de Noël malmenée dans un nid-de-poule, avant la vie sauvage dans le Grand Nord canadien. Le sujet a très vite été effacé des replays bien qu'il ait « performé », pour reprendre le vocabulaire des responsables de la chaîne.

Les Chefs ont eu l'impression de se blanchir.

Ils m'ont fait savoir qu'ils me trouvaient ingrate de ne pas me réjouir de leur courage.

Nous étions les miettes qu'on balaye de la main sur le revers d'un costume lors d'un repas de gala.

Ce ne sont pas les miettes qui sont sales, ce sont les convives. Nos histoires sont-elles si inconvenantes ? Plus inconvenantes que la réalité des crimes ?

Pourquoi les responsables de la chaîne qui a nourri notre agresseur demeurent-ils si rétifs et si lents à comprendre quelque chose de pourtant très simple : une femme vaut autant qu'un homme ? Elle ne dit pas la vérité pour vous punir ni pour vous emmerder.

En nous évacuant, en affirmant que le problème pouvait se régler en quelques secondes d'antenne, c'est leur propre dignité qui s'est dissoute.

« Quelle est la responsabilité de TF1 dans cette affaire ? » est, à ce jour, une question sans réponse.

Les récits s'affrontent dans une guerre au long cours.

Le nôtre, celui d'en bas, celui des petits, dit le rapport de pouvoir qui oblige au silence et profite des corps qui passent sans que l'environnement réagisse et protège. Il reste problématique pour l'employeur.

Le récit de la vedette, un homme accablé par une meute qui hurle en profitant de #MeToo pour se venger du désintérêt d'un séducteur universel, a encore quelques adeptes.

Il va prendre une forme juridique avec les plaintes déposées contre nous pour dénonciation calomnieuse.

## Les présomptions

Dans le dossier du Major, Patrick Poivre d'Arvor et ses avocats ont choisi seize femmes parmi les vingt-trois.

Je n'avais jamais rencontré trois d'entre elles.

Je ne sais pas sur quels critères nous avons été sélectionnées.

C'est par la presse que nous avons appris que nous étions attaquées.

L'objectif des plaintes déposées pour dénonciation calomnieuse n'est pas d'aboutir à nous faire condamner, hypothèse hautement improbable, mais de dissuader les victimes qui n'auraient pas encore témoigné de le faire.

Utiliser l'arsenal juridique pour effrayer.

Faire peur pour faire taire.

Pour prétendre que plusieurs dizaines de femmes qui ne se connaissaient pas se sont soudain trouvées saisies du désir de nuire gratuitement à un homme innocent, il faut poser une nouvelle couche de papier peint de contes de fées, celui des femmes furieuses et sournoises.

Selon Patrick Poivre d'Arvor, nous aurions regretté « de ne pas avoir bénéficié de davantage d'égards, voire d'un simple regard », de la part d'un homme que nous avons « un temps admiré ». « Éconduites ou ignorées », nous serions devenues « très amères », amertume qui nous aurait conduites « à commettre, par vengeance tardive, le délit de dénonciation calomnieuse ».

L'inversion est complète. C'est lui qui ne voulait pas. C'est lui qui aurait dit « non ». C'est nous qui aurions fait pression pour lui arracher des faveurs sexuelles. Son refus nous aurait enfermées pendant des années dans un délire coupable de vendetta. Une vendetta concertée dans un habile complot nourri par des journalistes complaisants.

Une des définitions de la présomption, c'est que l'on a de soi-même une opinion trop avantageuse. La mégalomanie qui se dégage de l'argumentation de l'accusation devrait faire rire. Pourtant, elle nous oblige à nous défendre, à nous faire aider par des avocats. Depuis mon audition chez le Major, Laure Heinich, une des grandes pénalistes françaises, nous accompagne de sa précision espiègle.

Comment font les femmes dont l'affaire ne passe pas dans les journaux et qui n'ont pas les moyens de payer des professionnels pour assurer leur défense ?

« Les femmes qui dénoncent des violences masculines doivent le faire devant la justice pour être crédibles », entend-on régulièrement. Statistiquement, ça revient à leur dire : Allez vous faire classer sans suite. Sans compter que dès qu'elles ont déposé, même sans plainte, même comme simples témoins, elles se retrouvent sous le rouleau compresseur de la diffamation et de la dénonciation calomnieuse.

J'ai une dette envers une femme dont le nom m'est inconnu. Je n'en ai que l'initiale : K.

C'est à elle, Mme K., que je dois des nuits presque sereines depuis que notre agresseur nous a attaquées. Elle s'est battue pendant vingt-deux ans. Vingt-deux ans de combat juridique pour obliger la France à respecter la présomption d'innocence des victimes de violences sexuelles.

La présomption d'innocence est un principe fondamental de l'État de droit et de la justice pénale : nul ne doit être considéré comme coupable avant d'avoir été condamné au terme d'un procès équitable. Ce principe nous sera renvoyé à la figure jusqu'à l'écœurement, déformé, boursouflé, obèse, vidé de son sens. En parlant, en témoignant, nous l'aurions bafoué. Nous aurions livré un homme à l'arbitraire d'une foule en colère criant sa vindicte sur les réseaux sociaux.

La présomption d'innocence n'est pas un mur qui empêcherait de penser, pas non plus une garantie de bonne réputation pour tous les hommes accusés de violences sexuelles. C'est une règle pénale qui n'interdit pas à la justice de mettre en prison des suspects dont on peut craindre la fuite ou la dangerosité. Les détenus en préventive sont présumés innocents.

Mais surtout, depuis le combat de Mme K., la présomption d'innocence s'applique aussi aux femmes attaquées pour dénonciation calomnieuse.

En 1994, Mme K. a porté plainte pour viol contre son employeur. Non-lieu. Il a riposté en l'attaquant. Elle est condamnée pour l'avoir dénoncé et calomnié. Sa condamnation est confirmée en appel puis en cassation.

La loi voulait qu'en cas de non-lieu, de relaxe ou d'acquittement (c'est-à-dire la plupart du temps dans ce type d'affaires), les femmes soient automatiquement condamnées à payer celui qu'elles avaient accusé. Le bâillon sur les violences sexuelles était bien serré.

Aidée par l'AVFT, l'Association européenne contre les violences faites aux femmes au travail, Mme K. a obtenu de la Cour européenne des droits de l'homme la condamnation de l'État français.

Ces condamnations automatiques pour dénonciation calomnieuse ne respectaient pas la présomption d'innocence, celle des femmes qui viennent demander justice et réparation après avoir été agressées. La France a dû réécrire la loi.

Mme K. a été réhabilitée en 2016. Vingt-deux ans de procédures pour qu'aujourd'hui nous puissions témoigner et porter plainte sans trembler, sans être condamnées d'avance.

Patrick Poivre d'Arvor est présumé innocent. Nous aussi.

Merci, Mme K.

# *Mediapart*

Pour ne pas laisser les procédures-bâillons étouffer nos récits, nous avons décidé de parler plus fort.

Exposer à l'opinion publique ce que nous avons exposé à la justice, nous pensions l'avoir déjà fait dans *Le Monde* et dans *Libération*. Ça n'était pas suffisant. Marine Turchi nous a proposé de le faire encore, plus nombreuses, sur le plateau de *Mediapart*. Cette émission a pu exister parce que, depuis des années, *Mediapart* prend au sérieux les violences sexuelles et sexistes. Petit à petit, la France apprend, grâce au travail obstiné de journalistes engagés, à écrire les grands nombres en chiffres arabes.

Les bureaux de la rédaction ont été aménagés pour nous accueillir, deux rangs de gradins disposés en V, construits spécialement par un menuisier.

Nous sommes arrivées le matin, avec des valises à roulettes pour celles qui venaient de province, les paupières lourdes pour celles qui n'avaient pas dormi, et le vertige de la falaise de Macronissi pour celles qui parlaient publiquement pour la première fois.

On s'est installées, les unes serrées contre les autres. L'image est devenue un symbole de la force des femmes quand elles s'unissent pour dire la face obscure d'un monde qui veut étouffer leurs récits.

Les journalistes Valentine Oberti et Mathieu Magnaudeix nous avaient toutes appelées longuement avant l'émission. Ils connaissaient sur le bout des doigts chacune de nos pauvres histoires.

Nous avons découvert Armelle (un coup du plateau ; il l'a embrassée de force ; elle était anorexique) et Anouk (encore un coup du plateau ; il se caressait le sexe en lui parlant dans son bureau). Elles ne pouvaient pas venir. Elles avaient été filmées chez elles la semaine précédente. J'ai rencontré Charlotte et Camille. Cécile T. est restée à Toulouse, mais elle avait envoyé son témoignage par écrit.

L'ancien patron de TF1, Nonce Paolini, a accepté de parler face caméra. Depuis des mois, il nous soutenait autant qu'il le pouvait en dépit des risques qu'il prenait, lui aussi, à dire que ce que nous avions vécu dans l'entreprise qu'il avait dirigée était révoltant.

La voix parfois tremblante, des mots coincés dans la gorge, les larmes au bord des yeux, tenant les mains des plus émues, nous avons fait de notre mieux pour dire ce qui nous a tellement fait honte.

Justine a expliqué pourquoi elle avait tant tenu à sa discrétion jusque-là. Le viol vous « donne envie de disparaître, de rester invisible. Je ne voulais plus que des regards malaisants, désagréables se posent sur moi », a-t-elle dit.

Karin a raconté un énième coup du plateau et son malaise quand elle a repoussé les avances de la vedette. Elle l'avait rencontré pour un livre et un spectacle. Elle était anorexique et en couple avec une femme. La théorie du séducteur universel face à l'admiratrice éconduite et amère lui semblait surnaturelle.

C'était la première prise de parole publique pour Margot.

Margot enseigne les arts plastiques dans un collège à Montreuil. Depuis l'enfance, il est évident qu'elle est une artiste. Sa facilité et sa liberté de création me font envie, comme si les empêchements n'avaient pas de prise sur elle. Dès l'adolescence, elle dessinait, peignait et écrivait. À 16 ans, elle était pleine de poèmes qui passaient de sa tête aux pages qu'elle noircissait sans difficulté apparente. Elle cherchait un mentor, quelqu'un qui saurait lire ses travaux, la guider, éventuellement la corriger et l'encourager. Elle avait écrit à deux auteurs : Marguerite Duras et Patrick Poivre d'Arvor.

Marguerite Duras ne lui a pas répondu. Patrick Poivre d'Arvor, si.

Il l'appelle, lui demande de lui envoyer ses textes. Un an plus tard, il l'invite au Grand Hôtel de Sète où il est de passage. Elle se présente à la réception, serrant contre son cœur la pochette cartonnée remplie de ses dernières poésies. On la fait monter dans la chambre de la vedette.

Il n'a prêté aucune attention à la précieuse pochette. Quand elle a raconté au Major son impression de « consommé vite fait », il a noté : « Constatons que Madame Cauquil-Gleizes se met à pleurer en nous disant "j'étais si naïve". » « Naïve » a été l'adjectif le plus souvent prononcé dans l'émission de *Mediapart*.

Six ou sept ans plus tard, Margot a fini les Beaux-Arts et cherche un stage de décoratrice à la télévision ou au cinéma. Elle lui demande de l'aide.

Un coup du plateau.

Il se débraguette en demandant une fellation, une « petite gâterie » exactement. Elle n'est plus mineure. Elle refuse, dégoûtée et humiliée.

Une des règles que je me suis fixé pour ce livre, c'est de ne pas utiliser les ouvrages signés par Patrick Poivre d'Arvor. D'abord, parce que ses différentes condamnations pour plagiat et contrefaçon démontrent qu'il n'en est pas toujours l'auteur, mais aussi et surtout parce que la psychologie du présentateur reste un point douloureux, un continent noir. Le viol est un crime de domination qui chosifie la victime. Ce qu'il avait en tête quand il nous agressait m'est difficile à regarder en face.

Pour Margot, j'ai fait une exception à la règle. Karin m'a envoyé trois pages qu'elle a retrouvées dans

*Les Femmes de ma vie*. Le livre a été publié en 1988, trois ans après le Grand Hôtel de Sète.

Patrick Poivre d'Arvor y raconte sa relation avec Margot. Il la déshumanise sans s'en cacher : « Il y avait en elle tant de noir, tant de peine à parler, tant de désir de griffer, qu'il fallait la prendre comme un homard, pouce et index derrière les pinces. Alors seulement elle cessait d'agiter ses longues jambes et ronronnait. » Il enchaîne sur une de ses lettres. « Il est tuant de ne pas exister à ce point-là », lui écrit-elle.

Patrick Poivre d'Arvor ne se souvient plus de rien. Aux enquêteurs, il dira que le témoignage de Margot sur le Grand Hôtel de Sète est « vraisemblable ».

Margot fait partie des seize femmes attaquées pour dénonciation calomnieuse.

Florence était seule quand elle a porté plainte au printemps 2021. Un mois plus tard, nous étions trois à parler sous notre nom, puis huit à signer la tribune dans *Le Monde* à l'été, et huit à parler à *Libération* à l'automne. Nous étions vingt sur le plateau de *Mediapart* au printemps 2022.

Comment font celles qui restent seules ?

Je n'ai pas oublié les tout premiers mots du Major : « Vos témoignages sont des preuves. »

# L'impunité

Plusieurs fois, au XXIe siècle, en France, tout l'appareil d'État, jusqu'à la présidence de la République, s'est mobilisé pour défendre des hommes accusés de viol et accabler leurs accusatrices.

La première fois, Bernadette Chirac était à la manœuvre. Emmanuel Macron a pris le relais.

Pour comprendre comment se construit le béton de l'impunité, il faut passer par Nathalie, Marie-Laure, Caroline et Marie et bousculer un peu l'ordre d'apparition des unes et des autres dans ma vie.

# Nathalie

Une beauté à la Aurore Clément dans *Apocalypse Now*. Violée à 20 ans. Elle était anorexique.

Elle l'a dit dans le premier article du *Monde*, sous pseudo. C'était la première fois qu'elle en parlait. Elle avait su qu'une enquête était en cours au journal, elle avait contacté ceux qui s'en chargeaient.

Elle veut que ça se sache mais ne veut pas de la montagne d'emmerdements dans la vie personnelle, amicale et professionnelle que provoque la prise de parole. Je la comprends.

C'était en 1981 ou 1982. Elle était étudiante en histoire à la Sorbonne. Le présentateur avait été invité à une conférence sur le métier de journaliste, métier qu'elle se préparait à pratiquer. Quelques semaines plus tard, elle passerait avec succès les concours des écoles de journalisme.

À la fin des débats, elle va demander des conseils sur la façon d'intégrer une rédaction. Il lui propose d'assister au *20 heures* d'Antenne 2 où il travaille alors. Elle accepte. Elle se sent « très honorée », loue sa générosité.

Le plus ancien coup du plateau qui m'ait été raconté.

Le journal télévisé se termine, Patrick Poivre d'Arvor l'invite dans son bureau. « Ça vous a intéressé ? » lui demande-t-il avant de l'« éplucher comme un oignon ». « J'avais une jupe et un collant ; il a tout enlevé. Ça a duré deux minutes, sur la moquette. Je n'ai rien pu ou rien su faire. »

Il faisait une tête de plus et le double de son poids. Elle s'est sentie comme un pantin entre ses mains. Elle ne connaissait pas encore le mot « sidération ».

Elle dit aussi le long, très long, questionnement, le temps passé à se demander ce qui, chez elle, avait bien pu provoquer ça.

Quelques années plus tard, elle a fait des piges pour le journal de 13 heures à TF1. Quand le roi du *20 heures* la croise, il fait comme si de rien n'était.

Elle se souvient d'une jeune stagiaire qui portait le même prénom qu'elle. Elle l'a retrouvée en pleurs sortant du bureau de la vedette. « Je savais très bien ce qui venait de lui arriver, dit-elle. J'ai voulu la réconforter, lui dire que je comprenais. »

Les deux Nathalie ne se sont rien avoué. La honte a fait son office de silence.

Quand un rédacteur en chef l'a agressée dans l'ascenseur, elle a décidé d'arrêter le journalisme à la télévision : « Coincer une jeune femme, ça semblait tellement normal pour eux. »

Le viol et l'hypersexualisation de l'environnement façonnent le monde dans lequel ils s'exercent sans frein. Pour échapper aux agressions qui ne visent qu'elles, les jeunes femmes fuient. Les salariés qui ne risquent rien, c'est-à-dire, ici, les hommes dans leur ensemble et certaines femmes, sont avantagés. La discrimination qui s'exerce par ce biais de sélection a des effets pendant très longtemps. Elle modèle la hiérarchie et entraîne une reproduction du choix de ceux qui vont incarner le pouvoir sur des décennies.

Après avoir témoigné dans *Le Monde*, Nathalie a dit le viol à son amoureux. Il a compris les quarante ans de silence, le pot de fer contre le pot de terre, la pauvre étudiante de passage contre la star de l'antenne, l'oubli qui s'installe et le souvenir qui revient quand d'autres parlent.

La sidération, ça l'a troublé : « Mais comment n'as-tu pas pu t'échapper ? Pourquoi ne t'es-tu pas débattue ? En tout cas, si je le rencontre, je lui casse la gueule. »

Dans chaque témoignage qu'elle a lu ou entendu depuis la plainte de Florence, Nathalie s'est reconnue.

# Marie-Laure

Elle est venue me voir à Paris avec des douceurs sucrées d'Amiens. Sa robe de soie chatoie, imprimée de méandres noirs sur fond vert. Marie-Laure sait soigner les apparences. Nos vêtements sont des armures dérisoires et de précieux fétiches.

Elle a jeté le bas et gardé le haut de ceux qu'elle portait cette nuit-là.

C'était le 16 mai 1985. Elle n'a jamais oublié la date.

La veste de smoking noire aux brillances pailletées est toujours dans son placard. La chemise blanche aussi. Il ne les lui avait pas retirées.

La culotte et le pantalon, si. Elle les a mis à la poubelle juste après.

La tenue avait été achetée avant le Festival de Cannes. Sa mère avait cassé sa tirelire dans un grand magasin. On avait fait des dépenses inhabituelles, mais c'était la fête, une incursion dans le grand monde, une chance qui ne se reproduirait peut-être pas de sitôt pour sa fille.

Marie-Laure voulait être actrice. Elle était douée pour la tragédie comme pour la comédie. Elle l'est toujours. On l'avait inscrite dans une école d'attachés de presse par précaution : on savait combien les carrières artistiques sont aléatoires.

Une petite annonce à l'école et la voilà casée à distribuer les accréditations au Palais des Festivals. Elle a 23 ans.

Pour se loger pas cher pendant la grande fête du cinéma, elle dort au camping avec une amie de promo.

Cette année-là, au Festival de Cannes, elle s'en souvient, Jean-Luc Godard se fait entarter. Il n'en fait pas un drame, s'en tire avec classe. On le voit au journal télévisé lécher sur ses doigts la crème qu'il ramasse sur son visage dégoulinant. « On n'est plus des êtres humains, on est des moments d'un événement préfabriqué. Il y a des endroits et des époques où tout le monde ne s'en sort pas avec humour », dit-il, sans savoir l'écho que ces mots auront tout près de là.

Patrick Poivre d'Arvor vient chercher ses billets pour les projections. Il est charmant. Marie-Laure aussi. On se sourit. Il a le compliment facile. La possibilité d'un stage à Antenne 2 s'esquisse. Une occasion à ne pas laisser passer. Il l'invite à en parler plus calmement, après la dernière projection du soir, autour d'un verre sur la terrasse du Martinez, l'hôtel où il a ses habitudes. À Cannes, les interviews se font souvent dans les palaces. Elle n'a aucune raison de se méfier.

Elle ne se méfie pas.

Le soir venu, il l'embarque dans sa voiture avec chauffeur pour effectuer les quelques centaines de mètres entre le Palais des Festivals et le Martinez. Le trajet est court. Ils ne parlent pas.

Ni les rites du Festival ni les grands hôtels ne sont familiers à Marie-Laure. Dans l'ascenseur, elle reconnaît un ministre qu'on voit à la télévision. Il monte, comme eux, au quatrième étage.

Elle ne comprend pas que Patrick Poivre d'Arvor l'amène dans sa chambre avant de le voir mettre la clef dans la serrure. Elle se souvient de s'être dit qu'il devait avoir oublié quelque chose.

Quand elle y repense, elle se rappelle sa confiance et son innocence. Le souvenir est cruel. À Anne Diatkine qui a raconté son histoire dans *Libération*, elle a dit : « J'ai suivi Poivre, bêtement, comme une bête qui va à l'abattoir. »

Il referme la porte et lui adresse la parole pour la première fois de la soirée : « Je sais que tu es là pour ça, je sais que tu en as envie. »

Ses dénégations n'y feront rien. Il lui retire pantalon et culotte. Deux minutes et il gicle. « Il te prend comme un objet. Il ne savait même pas qui j'étais. »

Il la congédie en se dirigeant vers la salle de bains. Elle ramasse ses vêtements par terre, se rhabille comme une somnambule.

En sortant de l'hôtel, elle arrête une voiture de police en maraude. Elle devait avoir l'air si perdue que les policiers se proposent de la déposer au camping. Elle n'a pas osé raconter ce qui venait de lui arriver.

Pourtant, elle n'a pas traîné dans le déni.

Elle a tout dit en pleurant à l'amie du camping, à ses parents qu'elle a appelés la nuit même et à son fiancé. C'était l'homme de sa vie. Ils allaient se marier, faire des enfants. Elle était sûre de la force de leur amour.

Fini, le stage au Palais des Festival, les paillettes, le cinéma et les rêves de grande vie. Elle est rentrée à Paris le lendemain.

Le plus grand chagrin du monde l'y attendait.

Le fiancé s'était fait la malle. Il avait vidé ses affaires de leur appartement. Il ne voulait pas d'une femme salie.

Marie-Laure se dit, aujourd'hui encore, que rien de pire ne peut lui arriver.

Elle n'est pas nietzschéenne pour deux sous. « Ce qui ne te tue pas te rend plus fort » : de la foutaise de philosophie de bazar. Ce qui te blesse t'handicape, plutôt. « Il a déposé un cactus dans mon vagin », dit-elle.

En famille, on a cherché comment porter plainte. Consulté, un ami des parents haut placé dans la police les a découragés. Seule contre la vedette, elle n'avait aucune chance d'être crue. Elle était montée dans une chambre d'hôtel. Ça valait consentement. Parler à la justice, c'était la certitude de se faire déchiqueter, de rajouter du malheur au malheur.

Renoncer à la plainte était un conseil avisé. Il a été entendu et retenu. Il était réaliste.

Les années suivantes, Marie-Laure a pratiqué ce qu'on appellerait aujourd'hui « des conduites à risque ». Perdue pour un bon moment, la foi dans une sexualité bienfaisante. Jusqu'à Éric.

« J'ai été violée par Patrick Poivre d'Arvor. C'est comme ça. C'est à prendre ou à laisser », lui a-t-elle dit quand le sentiment amoureux a pointé son nez. Il a pris. Ils se sont mariés. Un jour, le plus tard possible, un des deux fermera les yeux de l'autre. Éric a son mot à dire sur le viol : « Il y a toujours eu l'ombre d'un troisième homme dans notre vie. »

Marie-Laure est arrivée parmi nous après *Libération*. Son dos s'est bloqué quand elle est allée porter plainte. Julia, sa fille, trouve que sa mère est une héroïne.

La plainte de Marie-Laure est étayée par de multiples témoignages tant elle en a parlé, à l'époque, autour d'elle.

Elle n'a jamais regardé un *20 heures*. Quand, à l'occasion d'une soirée électorale ou d'une émission spéciale, le présentateur apparaissait à l'écran, elle devenait nerveuse, laissait tomber ce qu'elle avait dans les mains et se cognait dans les meubles.

Elle aime Juliette Binoche. Elle la voit comme celle qu'elle aurait pu devenir. Elle n'a jamais joué Phèdre, son rêve.

Quand son travail à Amiens lui en laisse le loisir, elle va dans des écoles ou dans des institutions pour enfants en situation de handicap. Elle les fait rire et réfléchir avec son personnage de clown, bancal, maladroit, bouleversant.

# Caroline

Comme ceux qui ont longtemps et en vain cherché la justice, Caroline a gardé ses pièces à conviction dans un dossier cartonné qu'elle m'a montré la première fois qu'on s'est vues.

On y trouve le numéro d'*Entrevue* de juin 2008. Celui où on voit Patrick Poivre d'Arvor maltraiter sa compagne Agathe Borne dans les rues de Paris.

Il y a aussi le livre *Les Femmes de ma vie* (celui où Margot est comparée à un homard) avec la dédicace de l'auteur, et une photo de Caroline adolescente à côté de lui, le 19 juin 1988, dans les coulisses de l'émission qu'il animait, *À la folie, pas du tout*.

Sur les images d'archives on la repère dans le public grâce à la tunique rose saumon qu'elle avait choisie avec soin pour venir à Paris. Elle avait 16 ans. Elle était lycéenne. Elle vivait avec ses parents dans un petit village de la Beauce. Elle était passionnée de théâtre et admirait le comédien Francis Huster comme on admire à cet âge, totalement et naïvement. Pour le rencontrer, elle s'était dit qu'il lui fallait de l'aide. Elle en a demandé à Patrick Poivre d'Arvor ; entre célébrités, ils devaient se connaître. Patrick Poivre d'Arvor a répondu à la lettre qu'elle lui a envoyée, à l'orthographe et à la calligraphie ronde et enfantine soignées. « Je vais voir auprès de Francis Huster », lui a-t-il répondu, en mentionnant le numéro de son bureau.

Elle l'a appelé du téléphone de l'entrée. On doit rester debout pour l'utiliser. Les parents tiennent à cette configuration, qui a l'avantage de limiter la durée des conversations et le prix de la note à la fin du mois.

Il l'interroge sur sa sexualité. Elle ne voit pas le mal. Elle répond la vérité : ça ne l'intéresse pas. Elle a embrassé deux garçons dans sa vie et n'a jamais couché avec personne. Il l'invite à assister à l'enregistrement de son émission.

Les parents se font un peu tirer l'oreille. Elle gagne son billet pour la capitale à condition d'y aller avec des amis de son âge. Elle n'a pas de mal à convaincre deux d'entre eux de l'accompagner.

Les voilà partis en train, tous les trois, par un matin qui annonce l'été, fiers de leur indépendance et ravis de leur liberté.

Après le plateau, Caroline est conviée dans la loge. La suite, vous la connaissez déjà.

Les secrétaires qui s'éclipsent. La porte fermée à clef. Quelques mots sur sa scolarité, le bac de français qu'elle vient de passer avec un an d'avance, en élève brillante.

Brusquement, il devient pressant. Oppressant, même.

Elle le repousse puis se fige. « Crier ? Qui m'entendrait ? »

Il n'a enlevé que le bas, l'a pénétrée allongée sur la moquette. La pièce était couverte de moquette, le sol, les murs et le plafond qu'elle regardait sans le voir. Elle se souvient que c'était froid et mécanique, qu'elle s'est laissé faire et que, en pensée, elle cherchait désespérément la sortie.

« C'est pas à lui que j'en ai voulu, c'est à moi. C'est pas lui que j'ai trouvé sale, c'est moi. »

Comme Marie-Laure, Caroline a parlé tout de suite. Contrairement à Marie-Laure, elle n'a pas compris tout de suite qu'elle venait d'être violée. Elle a raconté sa « première fois » à ses amis. Ils ne l'ont pas crue.

Elle se sentait mal.

Elle voulait le dire à ses parents mais ne savait pas comment s'y prendre.

La solution qu'elle a trouvée m'épate par son audace. Caroline est de ces « âmes bien nées » dont « la valeur n'attend pas le nombre des années ».

Sur la table basse du salon traînait le journal *Minute*, celui que son père lisait pour son insolence très droitière. Elle s'est débrouillée pour aller sonner à la rédaction et pour rencontrer un journaliste qui lui a demandé d'écrire ce qui lui était arrivé.

Il a titré son article : « Un satyre à TF1 ». Il ne donne pas le nom du satyre mais tous les indices pour le reconnaître : « son mètre quatre-vingts, sa carcasse voûtée et la calvitie récente qu'il essaye de dissimuler ». Le ton du papier est goguenard mais précis. « Ce n'est pas d'une gamine trop délurée dont a lâchement profité notre grand méchant loup », peut-on lire, « mais d'une petite provinciale fauchée ».

Le journaliste de *Minute* publie un long extrait de la lettre que Caroline lui a adressé : « Que faire ? Que dire ? Mes parents ? J'ai trop honte de leur avouer. Porter plainte ? Je crains les jugements et les réactions des autres. Qui me croirait ? Que me reste-t-il ? La dépression nerveuse ? Merci, c'est déjà fait. Il faut que j'essaye maintenant d'oublier mais c'est tellement difficile. Je le vois souvent à la télévision ou dans la presse. J'ai envie de crier à tout le monde. »

« PS : Je vous téléphonerai mercredi de mon lycée mais vous ne devez pas me rappeler, les communications sont si chères. »

Quand l'article est arrivé sur la table basse du salon, elle a dit à ses parents que c'était son histoire. On l'a envoyée chez un psychiatre. Pas pour l'aider à surmonter le traumatisme mais pour savoir si elle n'était pas folle pour raconter un truc pareil.

La bonne élève a redoublé son année. Son parcours scolaire est devenu chaotique, sa vie sentimentale tout autant. Tout a été plus âpre dans l'existence de Caroline. Quand la vérité est niée avec tant de violence par tout votre environnement, les repères se perdent, quelque chose devient flou dans le rapport aux autres.

Caroline a appris à se protéger sans jamais oublier que, même si tout le monde prétend que le noir est blanc, le noir est noir. Nous sommes des animaux grégaires. Être seule à savoir une vérité humiliante niée par tous ceux que vous aimez est un poison à action persistante. Caroline a été abîmée, pas détruite. Sa vaillance et sa force morale sont immenses.

L'article qui raconte le viol de Caroline a été publié dans les derniers jours de février 1989, l'année où j'ai commencé à travailler à TF1.

Personne, ni du côté de la justice ni dans la hiérarchie de la chaîne, ne s'est alarmé du crime.

Un crime si visible, si flagrant, dénoncé dans un journal diffusé nationalement et qui ne provoque aucune réaction est un crime reproductible et parfait. La série est la conséquence de l'indifférence. Quand la liste des victimes s'allonge sur des décennies, on préfère croire au monstre pour se détourner d'une responsabilité collective.

Si une autorité s'était inquiétée du sort de l'adolescente abusée, je n'aurais pas été violée.

Si Marie-Laure avait pu porter plainte et que cette plainte avait pu être instruite, Caroline n'aurait pas été violée.

Si les deux Nathalie avaient pu se parler et être crues, Marie-Laure n'aurait pas été violée.

Je n'aurais jamais entendu parler d'Agathe, des deux Alexandra, d'Aline, des deux Amandine, d'Anouk, d'Armelle, d'Astrid, des deux Aude, de Béatrice, de Bénédicte, de Camélia, des deux Camille, de Candice, des deux Cécile, de Céline, de Chantal, de Charlotte, de Chloé, des cinq Claire, de Clémence, de Diane, d'Élisabeth, d'Élodie, d'Émilie, des deux Emmanuelle, de Florence, d'Héloïse, des deux Isabelle, de Joséphine, de Julie, de Justine, de Karin, de Laëtitia, de Lauren, de Lisa, de Maïté, de Margot, de Marie, de Marion, de Mathilde, de Monique, de Muriel, de Nora, de Pauline, de Stéphane, de Stéphanie, de Sonia.

# Marie

L'impunité n'est pas un concept, c'est une réalité faite de larmes, d'angoisse et de détresse. Pour en poser les fondations, préparer le terrain sur lequel va s'ériger la forteresse, l'écrasement des victimes est indispensable. Plus l'homme est célèbre, plus le bulldozer à dénigrer et étouffer leur parole est lourd et puissant. La démonstration la plus implacable en a été faite en France en 2006.

Au début des années 2000, Marie Vo était employée comme gouvernante par de riches familles de la Côte d'Azur. Le chanteur Johnny Hallyday avait recours à ses services sur le yacht de luxe qu'il louait durant les beaux jours. Fin avril 2001, elle rend son tablier après une nuit de cauchemar.

Elle porte plainte pour viol un an plus tard.

Chaque pays a son chanteur national, inexportable, inconnu hors de ses frontières, mais objet d'une ferveur intense là où il officie. La France a eu Johnny Hallyday.

Le procureur chargé du dossier est un magistrat intègre qui a une haute idée de l'indépendance de la justice. Éric de Montgolfier sera un grain de sable dans la machine à broyer la victime. Le grain de sable ralentira la mécanique mais ne la stoppera pas.

Il refuse le classement sans suite et ouvre une enquête. « Je m'attaquais à ce qui était interdit à la justice », résumera-t-il quinze ans après avoir dû prononcer un non-lieu.

Il se souvient de malfaçons exceptionnelles, de résistances inhabituelles de la part des autorités judiciaires et policières. Dans le magazine *Complément d'enquête*, il raconte : « De toutes les affaires que j'ai connues dans ma carrière, celle-ci fut la plus pénible par toutes les interventions qu'il a fallu subir, tous les regards, les calomnies, même. On touchait à un trésor national : je n'avais pas le droit. Ma hiérarchie s'étonnait que j'aie pu écouter une personne qui disait avoir été violée par un artiste d'une si grande notoriété. »

La défense du chanteur est familière : pourquoi aurait-il eu besoin de violer puisque les femmes lui courent après ?

Et puis Marie est une jeune femme superbe !

On a dit de moi à peu près la même chose quand j'ai témoigné contre Patrick Poivre d'Arvor : « Hélène est beaucoup dans la séduction. » Les femmes sont toujours trop ou pas assez belles pour être violées.

Marie se souvient des magistrats émoustillés par l'audition d'une telle célébrité, de la foule massée devant le palais de justice pour obtenir un autographe. C'était « l'idole des juges », dit-elle avec humour.

Plusieurs femmes lui écrivent pour lui raconter qu'elles ont vécu ce qu'elle dénonce mais que le sort infect qui lui est fait les dissuade de s'adresser à la justice. Marie les comprend.

Elle dit que cette histoire lui a volé dix ans de sa vie mais que, si c'était à refaire, elle le referait pour une seule raison : rester honnête. La vérité vous constitue, quoi qu'elle coûte.

Marie sera accusée de faux témoignage. La police perquisitionnera chez elle. Elle repense encore avec effroi à l'inutile brutalité de l'opération, à ses affaires saccagées, aux tiroirs renversés comme si elle trafiquait de la drogue. On lui passera les menottes. Elle fera deux jours de garde à vue. Les médecins qui l'ont vue après la nuit de l'enfer seront condamnés avec une sévérité rare pour avoir antidaté le certificat attestant de ses ecchymoses ; il était daté du lendemain du viol mais avait été rédigé quand elle a porté plainte : des milliers d'euros d'amende et quatre mois de prison avec sursis pour l'un d'entre eux.

Johnny ne sera jamais mis en examen.

La dernière rencontre de Marie avec des journalistes date de 2008. C'est pour un article du *Parisien*. En titre, elle est désignée comme « l'ex-accusatrice de Johnny ». Elle n'a même pas droit à son nom. Elle y explique qu'elle a tourné la page. Elle vient de terminer major de sa promo ses études d'esthéticienne. Elle travaille dur et gagne peu.

« Je n'ai pas été la victime parfaite. Je ne pouvais rien contre les puissants », dit-elle avec lucidité.

La victime parfaite n'existe pas. C'est un personnage de contes de fées.

La toute-puissance au service des hommes accusés de viol s'est déployée un après-midi d'été dans les jardins de l'Élysée.

L'épouse du président, Bernadette Chirac, s'adresse solennellement à la télévision au peuple français. Le chanteur a 60 ans. En dame austère, peu portée sur la rigolade, elle lève un index accusateur : « Les Français n'aiment pas qu'on touche à Johnny. C'est une mauvaise opération de s'attaquer à lui, très mauvaise. D'ailleurs, ils réagissent tout de suite. Ils sont scandalisés. Johnny, c'est leur star. »

Il n'y a pas eu d'enquête honnête et équitable sur le viol que Marie a dénoncé. Elle ne pourra jamais prouver qu'il a eu lieu.

En revanche, ce qui est certain, établi, c'est l'impunité absolue dont la star a bénéficié.

Marie n'a rien voulu voir de ses obsèques grandioses, de l'hommage républicain.

Elle dirige aujourd'hui un institut esthétique à Nice. Elle ne reçoit que des femmes. Elle me dit que la guerre était finie bien avant la mort du chanteur, qu'elle a dit la vérité et que ce combat perdu l'a endurcie.

## Le petit Mohammed

Benoîte Groult raconte dans *Mon évasion* ses lectures toxiques. Les mêmes que les miennes. Celles où les femmes ne sont jamais les héros et où ça finit toujours mal pour elles. En gros, l'essentiel de la littérature classique française, mais encore plus celle de l'époque où Gide écrivait des sommets de complaisance pédocriminelle et de misogynie comme *Thésée* ou *Si le grain ne meurt*.

On n'avait pas alors le test de Bechdel-Wallace pour comprendre que la plus grande part du cinéma et de la littérature dont on nourrit nos imaginaires nous ravale au statut d'accessoires.

La simplicité de ce test est géniale. On choisit une œuvre et on se demande :

– Y a-t-il deux femmes qui ont un nom ?

– Parlent-elles ensemble ?

– Parlent-elles d'autre chose que de leur rapport aux hommes ?

Si j'avais connu plus tôt ces trois questions miraculeuses, j'aurais passé moins de temps à lire ou à regarder des œuvres qui m'apparaissent aujourd'hui comme des âneries de propagande masculiniste, mais qui constituent l'essentiel de la culture légitime. Personne de ma connaissance n'aurait eu l'idée de les remettre en cause pour sexisme affligeant.

On dénonce avec raison les ravages de ces représentations, toujours perdantes, de femmes vouées à une fin précoce et tragique à moins de trouver l'amour. Ces modèles dissuasifs ont eu aussi un effet contre-intuitif sur une génération élevée, comme moi, dans la foi d'un progrès inexorable vers l'égalité. J'ai grandi dans l'illusion que les femmes étaient des hommes comme les autres, plutôt que dans l'idée que la société gagnerait à ce que les hommes adoptent les comportements altruistes enseignés aux femmes. Le résultat, c'est que je me suis identifiée aux guerriers héroïques dont les siècles nous ont vanté la noblesse et la bravoure.

Cette identification a rendu possible le combat qui est l'objet de ce livre.

La France, au sein de l'Europe, avait vaincu la guerre, aboli la peine de mort, la minoration juridique des femmes, et, pour la première fois dans l'histoire de l'humanité, la science et la loi nous avaient donné la libre jouissance de notre fécondité. J'ai pensé que j'avais de la chance. Et qu'il fallait être à la hauteur de ce privilège dont nous étions la première génération à bénéficier.

Sur sa photo officielle de président de la République, l'image dont tous les détails sont présentés comme une révélation programmatique, Emmanuel Macron a voulu des livres.

Trois auteurs ont été choisis : Charles de Gaulle, pour le sens de l'Histoire, Stendhal, avec *Le Rouge et le Noir* pour Julien Sorel, et André Gide.

André Gide ? Pour dire quoi ?

Gide avait 28 ans quand il a publié *Les Nourritures terrestres*. Je suppose que les conseillers lettrés de la présidence, ou le président lui-même, ont voulu mettre en avant la précocité de l'artiste et faire le parallèle avec la jeunesse exceptionnelle du nouveau chef de l'État, élu à 39 ans.

Je ne peux pas imaginer que ni le président ni aucun de ses conseillers n'aient lu les livres de cet auteur. La maladresse ou l'erreur sont inconcevables dans le cadre d'une mise en scène destinée à entrer dans l'histoire du pays.

Forcément, quelqu'un dans l'entourage de la présidence, si ce n'est le chef de l'État lui-même, a lu l'autobiographie d'André Gide, *Si le grain ne meurt*.

Il y raconte le petit Mohammed : « Qu'il était beau ! à demi nu sous ses guenilles, noir et svelte comme un démon. » L'écrivain admire « la sveltesse de son corps enfantin, la gracilité de ses jambes nues qui sortaient de la blanche culotte bouffante ». Il raconte qu'il sodomise l'enfant jusqu'à l'épuisement (celui de l'auteur narrateur, pas celui du petit Mohammed). Deux ans plus tard, il regarde son ami Daniel sodomiser à son tour, devant lui, celui qui est devenu un adolescent. Il s'étonne de trouver ça horrible. Il passe les pages suivantes à se justifier complaisamment.

Gide a eu le prix Nobel.

J'aimerais lire le récit qui n'existe pas, celui du petit Mohammed. Personne ne sait ce qu'a été sa vie dévastée. Il n'était rien et l'est resté pour toujours. Si petit qu'il n'avait aucune importance.

Quel message a fait passer le jeune et fringant président de la République française à travers cette photo affichée sur les murs des mairies et des écoles ? Que ce message soit passé sciemment, volontairement, ou qu'il soit le résultat d'une négligence n'y change rien. Cette photo existe. André Gide y figure. C'est un fait.

La photo n'a pas fait scandale. Aucun des éditorialistes qui analysent le moindre signe susceptible de renseigner sur la nature du nouveau pouvoir ne s'est ému.

Ça n'est pas seulement le choix d'un homme, c'est le reflet d'une société. La mienne.

Que faut-il entendre, comprendre ?

Que les pédocriminels peuvent être tranquilles ? Qu'ils resteront honorés et prestigieux pour les siècles des siècles ? Que raconter comment on sodomise un enfant, c'est chic ? Que la pire délinquance sexuelle ne prête jamais à conséquence pour son auteur ? Que l'impunité des puissants est totale, qu'ils sont portés au pinacle même après leur mort, lavés de leurs crimes, quelle qu'en soit la gravité ? Qu'*ad vitam aeternam* le grand homme se garantit, par son œuvre, une impunité absolue ? Qu'il peut même mettre en scène ses crimes pour être acclamé, récompensé, et cité en exemple ?

Ce choix n'augurait pas un changement d'époque radical ni une grande volonté de soutenir la parole des victimes de violences sexuelles.

En utilisant André Gide comme symbole de la culture qui le constitue, Emmanuel Macron a indiqué, dès son arrivée à l'Élysée, ce que sera sa politique sur les violences sexuelles et ce qu'il nous dira, à nous, quatre ans plus tard.

# « Nous ne sommes pas les bourreaux »

Quelques jours après la parution de nos témoignages dans *Libération*, plusieurs femmes ont accusé Nicolas Hulot de les avoir violées ou agressées.

Nicolas Hulot avait été ministre de l'Écologie au début du mandat d'Emmanuel Macron. Il était aussi suffisamment proche de Patrick Poivre d'Arvor pour lui avoir demandé d'être son témoin de mariage.

Avant la diffusion des récits de ses victimes dans l'émission *Envoyé spécial* de France 2, Nicolas Hulot est allé sur un plateau de télévision pour dire sa douleur d'être injustement accusé. Son discours se superposait à celui de l'ancien présentateur. Comme lui, il souffrait de fausses accusations qui blessaient son honneur et sa dignité. Comme lui, il se présentait comme trop désirable pour avoir à forcer une femme. Comme lui, il attendait, sur ce point précis, une approbation générale. La présomption irréfragable de consentement leur semblait un dû à tous les deux.

Nicolas Hulot avait déjà été accusé de viol quelques années plus tôt. La plainte avait été classée sans suite pour prescription.

Emmanuel Macron l'a défendu. Il a fait savoir que l'accusation contre son populaire ministre le laissait « d'une sérénité de marbre ». C'est-à-dire aussi froid, impassible et immobile qu'une statue qui traverse les siècles.

Comme nous, les victimes de Nicolas Hulot ont décidé de témoigner après avoir été outrées par l'impunité tranquille dont bénéficiait leur agresseur.

Interrogée sur ses raisons de renoncer au silence, l'une d'elles, qui raconte avoir été violée à 16 ans dans une voiture, a répondu : « Parce que je voudrais enfin pouvoir sortir de cette voiture. » Je ne sais pas si parler lui a permis de sortir de la voiture du cauchemar.

Je sais que son témoignage, ceux des autres victimes de Nicolas Hulot, les nôtres ont provoqué une vague d'indignation suffisamment puissante pour qu'Emmanuel Macron se sente tenu de réagir. La réaction a été celle que laissait présager la photo officielle. Comme il le dira pour défendre ses ministres Gérald Darmanin et Damien Abad, eux aussi accusés de viol, le président de la République française a jugé que nos témoignages faisaient courir un risque d'« inquisition » au pays.

Nous avons répondu par une lettre ouverte publiée dans *Le Monde*.

*Le Monde*

**Tribune.**
Publié le 08 décembre 2021 à 02 h 42 – Lecture 3 min.

**Monsieur le président de la République, nous avons parlé des violences sexuelles que nous ont fait subir Nicolas Hulot et Patrick Poivre d'Arvor. « C'est bien que la parole se libère », avez-vous déclaré après nos témoignages [le 1er décembre]. Vous avez ajouté : « Nous ne voulons pas, non plus, d'une société de l'inquisition. » Quel est le rapport entre nos récits et l'Inquisition ? De nos intimités exposées naîtrait le risque de replonger la France dans une des périodes les plus sombres et les plus unanimement détestées de l'histoire occidentale ? L'Inquisition a emprisonné, torturé, supplicié, brûlé les hérétiques, ceux qui étaient soupçonnés de mettre en cause la toute-puissance divine et l'institution de l'Église. Le souvenir de ses juges ordonnant des traitements cruels pour des culpabilités inventées est resté comme le symbole de l'obscurantisme, de la terreur et de l'arbitraire.**

**Vous nous mettez du côté des inquisiteurs, figures honnies de la mémoire collective, représentants des pires atrocités du passé. Nos récits porteraient en germe ces tribunaux de l'horreur et de l'injustice. Raconter nos histoires tristes serait nuisible au point qu'il vous faut affirmer votre volonté d'éviter ce très grave danger. Nous sommes des menteuses selon nos agresseurs, une menace pour le pays selon vous. De quel changement**

néfaste nos paroles seraient-elles les prémices ? Quel pouvoir avons-nous ? Pas celui de condamner, pas celui de priver de liberté. Nous ne sommes ni juges, ni puissantes, ni riches.

Nous avons dit nos hontes les plus intimes, exposé nos larmes ravalées, expliqué nos silences imposés ou nos récits négligés. Ces témoignages ont été, pour beaucoup d'entre nous, difficiles et coûteux. Il nous a fallu des années pour avoir la force de les livrer. Nous l'avons fait pour soutenir les premières, celles qui avaient eu le courage de s'adresser à la justice. Par deux fois, l'institution judiciaire a classé les plaintes et ignoré nos témoignages sans chercher à savoir si d'autres femmes avaient pu être victimes des mêmes hommes.

Nous avons parlé par devoir citoyen. Nous n'avons rien d'autre à y gagner que de dire une vérité, même dérangeante, et d'éclairer le pays sur le traitement des violences sexuelles, sur l'usage que font certains hommes de leur pouvoir, sur les complaisances qui les y autorisent, sur l'impunité dont ils jouissent. Nous l'avons fait dans le respect des institutions et des règles de la République.

Nous avons dévoilé nos noms et nos visages. Certains nous soupçonnent de vouloir faire parler de nous, de nous régaler d'un statut victimaire, de contribuer à l'injustice par le biais d'un imaginaire tribunal médiatique ne respectant aucune règle, de bafouer la présomption d'innocence. On nous dit ce qu'on dit toujours aux femmes : on exagère et on cherche à nuire.

En agitant la menace inquisitoriale, vous en rajoutez une couche, vous nous dites que nous sommes dangereuses. Une pièce de plus dans la machine à taire. Mettre nos misères en lumière risquerait d'enfoncer la France dans les ténèbres ? Nos récits ne devraient-ils pas faire avancer le droit plutôt que de le faire reculer jusqu'aux horreurs de l'Inquisition ?
Nous ne voulons pas, non plus, d'une société où les victimes de la violence des dominants seraient tenues au silence et condamnées à l'opprobre, à l'infamie et à la caricature si elles transgressent cette règle. Nous ne sommes pas les bourreaux, monsieur le président de la République. Pourquoi faisons-nous si peur ?

Signataires : Nora Arbelbide Lete, Karin Bernfeld, Clémence de Blasi, Emmanuelle Dancourt, Cécile Delarue, Hélène Devynck, Maureen Dor, Justine Ducharne, Margot Cauquil-Gleizes, Stéphanie Khayat, Camille Pascaud, Muriel Reus, Cécile Thimoreau, Aude Turpault-Darlet.

Emmanuel Macron n'a pas répondu.

Aucune d'entre nous n'a été contactée, même en privé.

Le ministre de la Justice, Éric Dupont-Moretti, s'est énervé en disant qu'il ne commenterait pas ce que disait le président. Il a estimé qu'il fallait « traiter » la parole des femmes et que ce « traitement » devait être judiciaire. On avait pourtant déjà tout raconté à la justice, qui n'en avait rien fait.

Que nos témoignages doivent être « traités » m'a laissé penser que nous étions porteuses d'une maladie qu'il convenait de soigner. L'infection à traiter, c'est de dire les viols, plus que les viols eux-mêmes. Comme si les criminels avaient disparu du tableau. Comme si le mal ne venait pas d'eux. Comme si ça n'était pas la délinquance sexuelle qu'il convenait de traiter, mais ses victimes qui la dénoncent.

La lettre, ou plutôt son retentissement, a quand même eu un effet : une nouvelle enquête préliminaire a été ouverte à la suite de la plainte de Marie-Laure. D'autres victimes du présentateur ont témoigné et porté plainte depuis. L'enquête est toujours en cours.

Florence Porcel, de son côté, s'est portée partie civile. Deux juges d'instruction ont été nommés pour enquêter sur les viols qu'elle dénonce. L'instruction est toujours en cours.

# Les minutes poisseuses

Il manque quelque chose à ce récit : mon viol. J'ai du mal avec le pronom possessif devant le crime. Je voudrais qu'il ne m'appartienne pas.

Je vous en ai raconté quelques-uns, pas le mien.

J'ai essayé de vous faire oublier que je n'étais pas allée au cœur de mon vide. À part devant le Major, je ne l'ai pas beaucoup décrit. J'ai tremblé qu'on me demande de le faire, trouvé des parades pour faire taire les questions trop précises et empêcher la scène de rouler dans mes pensées. Immanquablement, je me refroidis, ma bouche devient sèche et j'entends les battements de mon cœur. L'écrire a été d'une difficulté indicible. Je me disais : Est-ce que c'est si grave ? Ça n'est que ça !

Sur l'échelle de l'intensité de la peur, entre l'indifférence et l'effroi, on est à l'effroi. Il n'y a plus de circonvolutions gracieuses, plus de maillot de bain sec ni d'appartenance de groupe. L'effroi, c'est brut ; un court-circuit des pensées.

Il s'est jeté sur moi, une main sur un sein, l'autre cherchant à passer sous un élastique de ma culotte, sa langue dans ma bouche. Je n'ai plus bougé. J'ai tourné la tête pour ne plus avoir sa langue dans ma bouche. J'ai serré les cuisses. Il a forcé pour entrer un doigt dans mon vagin.

Je me souviens d'avoir pensé à devenir lourde sur la chaise, comme dans ces jeux d'enfants où on essaye de se faire le plus mou, le plus dense et le moins manœuvrable possible. Piètre résistance.

Il m'a saisie. Il a passé un bras sous mes genoux, l'autre derrière mes épaules, et m'a soulevée pour me déposer sur le canapé à côté. Il s'est allongé sur moi en effectuant d'une main toutes les manœuvres nécessaires pour baisser son pantalon : défaire la ceinture, puis les deux boutons du haut, ouvrir la braguette et faire glisser le tout, caleçon compris, jusqu'aux genoux.

Je ne sais plus du tout comment j'étais habillée. Je sais que j'ai réussi à bloquer sa main quand il a voulu enlever ma culotte. Alors il a tiré sur les élastiques de l'entrejambe.

Et il a entré son pénis, un pénis très étroit.

Il a fait quelques allers-retours, pas beaucoup. Je dirais entre cinq et dix. Aujourd'hui encore, près de trente ans plus tard, la sensation reste d'une dégoûtante précision. Il a éjaculé en grommelant vaguement. Il s'est retiré. Le tout, depuis la main sur le sein, a duré quelques minutes.

Je n'ai pas prononcé un mot. Il s'est frotté dans un corps inerte. Ça l'a fait jouir.

Je n'étais personne. J'ai été ce rien.

# Les virages

J'ai commencé à écrire ce livre l'été, sous la treille. C'est là que je l'ai terminé, à la tombée du jour, encore salée de la baignade.

Anne-Laure me raconte sa journée. On parle de la très vieille vigne dont la santé nous inquiète. On échange nos angoisses, nos fiertés et nos combats. Elle aussi a lu beaucoup de guerriers héroïques.

Elle me recommande d'être prudente, de ne pas affronter des puissances plus fortes que moi. Je sais qu'elle est à mes côtés, indéfectiblement.

« Quel effet a eu le viol dans ta vie ? » me demande-t-elle.

Je ne sais quoi répondre. Je ne peux pas cartographier le traumatisme. Il n'y a pas une autre moi qui n'aurait pas été violée, qui aurait vécu dans un autre monde, qui serait le placebo de ma vie sans viol. « On ne peut pas décuire ce qui a été cuit », comme on dit dans ma famille.

Je n'ai pas raconté cette histoire pour mes enfants, pour la génération à venir, comme je l'entends parfois. Mes enfants m'ont portée quand j'étais souffrante et claudicante. C'est grâce à eux et pas pour eux que j'ai retrouvé ma voix. Ils m'ont donné la force de regarder la jeune femme que j'étais sans sévérité ni niaiserie. Quand je doutais, ils m'ont répété : « Maman, tu n'as rien fait de mal. » Ils ont en moi une confiance absolue. Ils m'ont laissée ne pas m'occuper d'eux. Jeanne virevolte sur la terrasse. Elle réussit d'incroyables pirouettes. La solidité de Rodrigue me rassure. Il ne vient plus beaucoup sur l'île, jeune homme occupé par ses amours et son travail. Il dit de la femme qu'il aime : « Elle me fait me sentir beau. »

Niloufar reçoit, la nuit, sous le bougainvillier rose. Je récolte une moisson d'intelligence. Ce soir, elle me dit : « Fais comme moi. » Quand elle se sent inadéquate, elle se regarde dans le miroir et se demande : De qui es-tu la fille ? Tiens haut ta couronne.

Je m'y efforce, Nilou.

Jeanne apprend à conduire le vieux scooter. Elle se met devant moi sur la selle. Elle tient le guidon. L'accélérateur à fond les manettes sur la route du monastère du prophète Élie. Le moteur peine. On avance lentement. La côte est raide, la route défoncée. On se prépare avant le troisième virage. On le connaît. On remplit nos poumons. La mer somptueuse apparaît au tournant. Le ciel flamboie au crépuscule. L'ombre de l'île d'Icaria s'efface au loin. On crie à tue-tête : « La vie est belle ! » À l'unisson, de toutes nos forces, le plus longtemps possible. On s'époumone. On s'égosille. Elle tient encore la dernière note, quand je dois reprendre mon souffle. Sa voix a la clarté de son adolescence. La mienne est grave et cassée. Nos cris s'envolent. Seuls le vent et le ciel nous entendent. On rit de notre fierté, de l'exploit vocal et de la grandeur de l'horizon. Je serre mes bras autour de sa taille. Le cercueil des pensées broussailleuses bien fermé.

La vie est belle dans les virages.

RÉALISATION : NORD COMPO À VILLENEUVE-D'ASCQ
ACHEVÉ D'IMPRIMER SUR ROTO-PAGE
PAR L'IMPRIMERIE FLOCH À MAYENNE
DÉPÔT LÉGAL : SEPTEMBRE 2022. N° 150659-02 (101008)
IMPRIMÉ EN FRANCE